U0540908

Jorge Luis
Borges

Margarita
Guerrero

El libro de los seres imaginarios

# 想象动物志

[阿根廷] 豪尔赫·路易斯·博尔赫斯　玛加丽塔·格雷罗 著

黄锦炎 译　甘木 校

上海译文出版社

# 目 录

*1_* 序言

*5_* 阿宝阿库

*8_* 神鱼阿卜杜和阿内特

*9_* 双头蛇安菲斯比纳

*11_* 斯威登堡的天使

*13_* 卡夫卡幻想的动物

*14_* C.S. 刘易斯幻想的动物

*17_* 爱伦·坡幻想的动物

*19_* 球形动物

*22_* 镜子中的动物

*24_* 两个形而上学动物

*27_* 六足羚羊

*29_* 压路兽

*31_* 鹰身女妖哈耳庇厄

33_ 三足驴

35_ 凤凰

39_ 大鹏

41_ 大鱼巴哈姆特

44_ 巴尔丹德斯

46_ 报丧女妖班西

47_ 蛇怪巴西利斯克

51_ 巨兽贝赫莫特

56_ 植物羊博拉梅兹

58_ 棕色小矮人

59_ 天马布拉克

61_ 海马

64_ 刻耳柏洛斯

66_ 卡托布莱帕斯

68_ 半人马

72_ 百首鱼

74_ 天鹿

75_ 狼狗克罗柯塔和类克罗柯塔

77_ 柯罗诺斯或赫拉克勒斯

79_ 杂交动物

82_ 裹着链子的母猪

83_ 犹太教的魔鬼

85_ 斯威登堡的魔鬼

86_ 食灵怪

88_ 分身

90_ 龙

93_ 中国龙

96_ 西方的龙

100_ 预言佛诞的吉象

101_ 小精灵艾尔夫

102_ 埃洛伊人和莫洛克人

104_ 海妖斯库拉

106_ 斯芬克斯

108_ 法斯提托卡伦

110_ 中国动物志

113_ 美国动物志

115_ 中国凤凰

117_ 神鸡

118_ 迦楼罗

120_ 柴郡猫和基尔肯尼猫

121_ 地精诺姆

123_ 泥人戈仑

127_ 狮鹫格里芬

130_ 仙女

132_ 亚纳尔、卡夫其尔、亚兹拉尔、亚尼尔

136_ 雷神豪卡

137_ 勒拿湖九头蛇海德拉

139_ 海怪利维坦之子

140_ 骏鹰

143_ 霍奇根

144_ 半人马鱼

145_ 日本的神明

147_ 巨人胡姆巴巴

149_ 海怪克拉肯

*151_* 巨牛库尤萨

*152_* 三十六义人

*154_* 美女蛇拉弥亚

*156_* 游魂

*158_* 月兔

*160_* 莉莉丝

*161_* 龟之母

*163_* 曼德拉草

*166_* 蝎狮

*168_* 牛头人身怪弥诺陶洛斯

*170_* 蚁狮

*172_* 独眼人

*175_* 墨猴

*176_* 怪兽阿刻戎

*179_* 梵蛇那伽

*181_* 半人纳斯纳斯

*183_* 宁芙

*185_* 命运女神诺伦

187_ 八岐大蛇

189_ 奥德拉德克

192_ 会造雨的商羊鸟

193_ 潘特拉

196_ 鹈鹕

198_ 贝尔纳堡绿毛兽佩鲁达

200_ 鹿鹰兽

203_ 俾格米人

204_ 喀迈拉

206_ 吸盘鱼雷莫拉

209_ C.S.刘易斯幻想的爬行动物

211_ 火王和他的坐骑

213_ 火蝾螈沙罗曼达

218_ 羊男萨堤尔

220_ 热生物

222_ 风精灵

224_ 席穆夫

227_ 海妖塞壬

*230*_ 哭精斯奎克

*232*_ 青铜巨人塔罗斯

*234*_ 饕餮

*235*_ 安南虎

*237*_ 山怪

*239*_ 独角兽

*242*_ 中国独角兽

*245*_ 衔尾蛇乌洛波洛斯

*247*_ 女武神瓦尔基里

*249*_ 精灵镇尼

*251*_ 女飞人尤娃吉

*253*_ 扎拉坦

*256*_ 中国狐

# 序　言

本书的书名完全可以囊括哈姆雷特王子、点、线、面、超级立方体以及所有同类的词，甚至也许可以包括我们每一个人和神祇。总之，几乎包括整个宇宙。然而，我们仅用它来指"想象中的动物"，这是这个词组最直接的意象。我们把随着时间和空间的推移，人类的想象所孕育的奇怪的生灵收集在一起，编成这本手册。

我们不知道龙的意义，就像不知道宇宙的意义一样，但是它的形象总有一点跟人类的想象一致的东西，因此龙会在世界各地、在各个不同的时期出现。

这样的一本书必然是不完整的，每出一个版本都是未来版本的核心，可以不断再版直到永远。

我们邀请哥伦比亚或者巴拉圭偶然读到本书的读者,请他们把当地怪物的名称、可靠的描述、最突出的习性写信告诉我们。

就像所有的杂记,像罗伯特·伯顿[1]、弗雷泽[2]、老普林尼[3]等人难以穷尽的著作一样,《想象动物志》,不是写出来让人一口气读完的。我们希望好奇的人们经常翻阅,就像把玩不断变化的万花筒。

---

[编者按] 本书脚注,除标示"原注"译自西班牙文原版之外,其余为中文版编者注。
1 Robert Burton (1577—1640),英国牧师、学者、作家,代表作为哲学、心理学著作《忧郁的剖析》。
2 James George Frazer (1854—1941),英国人类学家,民俗学、原始文化学者,代表作为《金枝:巫术与宗教研究》。
3 即盖乌斯·普林尼·塞昆德斯 (Gaius Plinius Secundus,约23—79),世称老普林尼,古罗马学者、作家,代表作为百科全书式巨著《自然史》。其养子盖乌斯·普林尼·凯基利乌斯·塞昆德斯 (Gaius Plinius Caecilius Secundus,约61—113),古罗马作家、行政官,世称小普林尼。

这本"万宝全书"出处繁多,我们已经在每篇中记述,倘有不经意遗漏之处,还望见谅。

豪·路·博尔赫斯　玛·格雷罗
一九六七年九月于马丁内斯

# 阿宝阿库

想要欣赏世界上最美妙的风景,必须登上奇陶加尔的胜利塔[1]的塔顶。那里有一个圆形平台,可以俯瞰整个地平线。一部旋梯通达平台,但是只有不相信下面这个传说的人才敢登塔,传说是这样的:

在胜利塔的旋梯上,自始以来就住着阿宝阿库,它对人类的灵魂价值很敏感。它昏昏沉沉地躺在旋梯第一级台阶上,只是在有人上塔时才会清醒过来。来人走近的颤动会赋予它生命,它体内会透出一种光来。与此同时,它几乎透明的身体和皮肤开始移动。人往旋梯上走,阿宝阿库几乎就贴着来访者的脚跟,抓住弯曲的、被世代朝圣者的脚磨损的梯级边缘攀升。每上一级,它的肤色会变深一点,它的身形会更完美一点，它发出的光会更明亮一点。它的敏感性的明证就是，只有当登塔的是一个在精神上进化了的生灵时，它才可能在最后一级台阶上获得完美身形。否则，不到登顶，阿宝阿库就会像瘫痪了似的，它的身体是残缺的，它的颜色是模糊的，它发出的光是飘忽的。阿宝阿库无法完全成形时很痛苦，它的呻吟是一种几乎听不见的声响，仿佛丝绸的摩擦声。但当使它重生的男人或女人纯洁无瑕时，阿宝阿库可以到达旋梯最后一级，完全成形并放射出强烈的蓝光。它的重生非常短暂，因为当朝圣者下塔时，阿宝阿库会滚下去跌落在最初一级台阶上，体内的光熄灭，它就像一张边缘模糊的薄膜，等待下一个来访者。只有走到旋梯一半的地方，才有可能看清它，在那里它身体的延伸部分像小手臂那样拉它往上，样子变得清晰起来。有人说，它是用整个身体视物的，它摸上去让人有摸桃皮的感觉。多少个世纪过去了，阿宝阿库只有一次达到完美身形。

---

1 印度西北部拉贾斯坦邦奇陶加尔县规模庞大的古堡奇陶加尔堡的标志性建筑。

伯顿[1]把阿宝阿库的传说记录在《一千零一夜》译本的一条注释中。

---

[1] 即理查德·弗朗西斯·伯顿爵士（Sir Richard Francis Burton，1821—1890），英国军官、探险家、东方学家、人类学家，通晓多种语言，出版43卷探险记和约30卷译著，包括《一千零一夜》全译本。

# 神鱼阿卜杜和阿内特

根据埃及人的神话，阿卜杜和阿内特是模样相同的两条神鱼，它们一直在太阳神拉[1]的船前游弋，以提醒后者防备任何不测。白天，船在天空航行，由东向西；晚上，船在地下航行，方向相反。

---

1 Ra，又拼作 Re，译为瑞、赖，古埃及神话中的太阳神，常见形象为鹰首人身，头顶一轮太阳圆盘和一条盘绕于太阳圆盘的蛇。

## 双头蛇安菲斯比纳

《法萨卢斯》[1]中罗列了加图[2]的士兵在非洲沙漠中遇到过的真实的或想象的蛇;那里有帕尔卡,"走起路来竖着像根棍子";有雅库罗,会像一支箭一样从空中窜过来;还有"沉甸甸的安菲斯比纳,扛着两个头"。老普林尼几乎是用同样的话描述的,他还说,"仿佛一个头不够它用来喷毒液似的"。布鲁内托·拉蒂尼[3]的《宝藏》——作者在地狱第七层向自己以前的弟子推荐的百科全书——较少修辞,表达更清楚:"安菲斯比纳是长着两个头的蛇,一个长在本来的位置,另一个长在尾巴上;两个头都会咬,爬行轻快,眼睛像蜡烛似的发光。"十七世纪,托马斯·布朗爵士[4]指出,没有上下、前后、左右的动物是不存在的,他否定了安菲斯比纳存在的可能性，因为它的两端都在前面。"安菲斯比纳"在希腊语中意思是"朝两个方向走"。在安的列斯群岛和美洲某些地区，这个名字是指一种爬行动物，俗称"双爬虫""双头蛇"或"蚂蚁之母"，据说是蚂蚁供养它。也有说把它切成两段，它自己会重新接起来。

安菲斯比纳的药用价值受到过老普林尼的推崇。

---

1 古罗马诗人卢坎（Marcus Annaeus Lucanus，39—65）所作的拉丁文史诗，又译《内战记》，描述罗马共和国末期恺撒与庞培阵营之间的交战，公元前48年在希腊法萨卢斯发生的战役为其中决定性一战。
2 指的是马尔库斯·波尔基乌斯·加图（Marcus Porcius Cato，前95—前46），罗马共和国末期的政治家，最后在负责驻守的北非乌提卡自杀身亡，世称小加图、乌提卡的加图，与他的曾祖父且也担任过罗马共和国执政官、监察官的老加图或称大加图（前234—前149）相区别。
3 Brunetto Latini（约1220—1294），意大利学者、诗人、政治家，但丁的老师，但丁在《神曲·地狱篇》第十五歌中对其有记述。
4 Sir Thomas Browne（1605—1682），英国医生、科学家、作家。

## 斯威登堡的天使

在博学的一生的最后二十五年,杰出的科学家和哲学家埃马纽埃尔·斯威登堡[1](1688—1772)在伦敦定居。因为英国人都沉默寡言,他养成了每天跟魔鬼和天使聊天的习惯。天主准许他走访尘世之外的地区,跟那里的居民交谈。基督曾经说过,灵魂要进入天国必须是公正的;斯威登堡补充说,应该是聪慧的;布莱克[2]后来又要求富有艺术性。斯威登堡的天使就是被天国选中的灵魂。它们可以摒弃语言,一个天使只需想着另一个天使,就可以把它召唤到身边。两个在人世间相爱过的人合为一个天使。它们的世界由爱支配,每个天使就是一个天国。它们的形象就是一个完美的人类的形象,天国的形象也是一样完美。天使们可以朝北、朝南、朝东、朝西看,都会看到天主跟它们面对面。它们首先都是神学家,最大的乐趣就是祈祷和探讨心灵上的问题。尘世的事物是天国事物的象征。太阳就是神明。在天国不存在时间,事物的外表随精神状态变化。天使们的服装依据它们的聪慧程度而闪光。在天国,富人仍然比穷人富有,因为他们已经习惯了富有。在天国,物品、家具、城市,比尘世的更加具体、更加复杂,色彩更加丰富、更加鲜艳。来自英国的天使倾向于搞政治;犹太天使从事珠宝首饰买卖;德国天使随身带书,答复问题前先查一下。因为穆斯林习惯敬仰穆罕默德,上帝为他们配了一位天使来扮演先知。精神贫乏的人和苦行者被排除在天堂的享受之外,因为他们理解不了那些乐趣。

---

1 Emanuel Swedenborg (1688—1772),瑞典科学家、哲学家、神学家,基督教神秘主义者。
2 William Blake (1757—1827),英国诗人、版画家、画家。

## 卡夫卡幻想的动物

"那是一种动物，长着一条大尾巴，有好几米长，就像狐狸的尾巴。有时我真想把这尾巴拽在手里，可是不行；那动物老是在动，尾巴不停地从这边晃到那边。这种动物有点像袋鼠，但是小小的、椭圆形的脑袋并不典型，还有点像人；只是它们的牙齿具有表现力，无论是藏起来还是露出来。我常常有种感觉，就是它想训练我；要不，它下述行为的动机是什么呢？当我想抓住它的尾巴时，它会把尾巴收起来，然后静静地等待尾巴再一次吸引我，它再跳开。"

弗朗茨·卡夫卡

《乡村婚礼筹备》，一九五三年

# C.S.刘易斯*幻想的动物

"歌声已经很响了,枝叶越来越茂密,所以他几乎看不到前面一米远的地方,这时歌声戛然而止。他听到一声树枝断裂的声响。他急忙朝那个方向去,但什么也没看到。当他差不多决定放弃的时候,那歌声又在稍远的地方响起来。他又一次朝那儿去,唱歌的动物又一次沉默,躲开他。玩了一个多小时这样的捉迷藏游戏之后,他的努力总算没有白费。

"他蹑手蹑脚地朝着又一次响起的高歌方向走去,终于透过开着花的枝条缝隙,他看到了一团黑影。它不唱了,他就停步,当歌声再响起时,他再小心翼翼地往前走,就这样跟着黑影有十分钟。最后,那个唱歌的动物出现在了他眼前,可它还不知道有人在窥视它。它坐在那里,身体直立着像条狗，黑色皮肤平滑光亮；肩部到兰塞姆[1]头的高度；撑起上身的两条前肢像新生的树枝，放在地上的两个蹄子宽大得像骆驼蹄子。它巨大浑圆的腹部是白色的，肩部上方脖子高高昂起，好像马脖子。兰塞姆从站的位置可以看到它脑袋侧面；张开的嘴巴里传出来的正是那种欢乐的歌声，歌声使它发亮的喉头几乎是明显地颤动。他惊讶地看着它湿润的双眼、性感的鼻孔。就在这时，那动物停下不唱了，它看到了他，开始往远处跑，跑出没几步又站住了，四肢着地，身量不比一头小象小，摇晃着一条毛茸茸的长尾巴。那是皮尔兰德拉星上貌似有点害怕人的唯一的动物。其实并不是害怕。他一招呼，它就过来了，把丝绒般的厚嘴唇放在他手里，承受着他的触摸，不过几乎是随即又走开了。它垂下长脖子，停了停脚步，把脑袋埋在两腿中间。兰塞姆发现从它身上也得不到什么，最后它走远了，慢慢看不见了，他没有去追赶。要是追上去的话，他会觉得那是对它的羞怯、对它谦恭温顺的表

---

\* C.S. 刘易斯（Clive Staples Lewis, 1898—1963），英国学者、作家，著述广泛，代表作有儿童文学《纳尼亚传奇》、科幻小说《空间三部曲》等。
1 C.S. 刘易斯《空间三部曲》的第二部《皮尔兰德拉星》中的主人公。

情的亵渎，对它显然是为了唱歌，且只是为了在那人迹罕至的森林里、在茂密的枝叶当中保留一点歌声而活着的愿望的侮辱。兰塞姆继续走他的路；几秒钟后，歌声重新在他身后响起，从来也没有那么响亮、那么优美，好像是一首重获自由的欢歌。

"这种动物没有奶水，幼崽出生后，是吃别的雌性动物的奶长大的。那是一种身量庞大而美丽的动物，而且是哑巴，唱歌的小兽在断奶之前就跟那动物自己的幼崽生活在一起，依赖着它。但是当唱歌的小兽长大了，成了所有动物中最高雅、最神气的一员时，就会离开它。而它一直会欣赏它的歌声……"

C.S. 刘易斯

《皮尔兰德拉星》，一九四九年

# 爱伦·坡幻想的动物

爱伦·坡在他一八三八年出版的《阿瑟·戈登·皮姆的故事》一书中，对南极洲岛屿上令人吃惊但又真实可信的动物做了描述。于是，在第十八章里我们读到下面的内容：

"我们捡到一根树枝，上面缀着红色的果实，好像山楂果，还有一具陆地动物的尸体，样貌奇特。体长约三英尺、高约六英寸，四肢很短，长着猩红色的尖脚爪，爪子质感像珊瑚。身上覆有茸毛，平顺丝滑，毛色雪白。尾巴尖尖的像老鼠尾巴，约有一英尺半长。脑袋像猫，除了耳朵耷拉着像猎犬。牙齿的颜色跟爪子一样，是猩红色的。"

奇特不亚于此的还有南极地区的水：

"首先我们拒绝尝试喝这种水，猜想它是腐水。我不知道怎么样来确切描述它的性状，不用一堆话是说不清楚的。尽管在任何高低不平之处水流都湍急，但是从来看不到清澈的水质，除非是从极高处坠落下来时。如果落差不大，平常那水，就像用阿拉伯树胶熬制的浓汁一样黏稠。然而，这还只是那水最不奇特的性质。那水既不是无色透明的，也不是颜色不变的，因为水流在你的眼睛里变换着紫色的不同色调，就像闪光的丝绸面料变换着色泽。我们把水放进一个容器里，发现那水是依照不同的波纹分离的，每一条有自己的色调，这些波纹不会混合。如果用一把刀片划过这些波纹，水会立刻合并起来，但刀片一抽出来，痕迹马上消失。相反，要是把刀片精确地插入两条波纹之间，就会出现完美的分离现象，不会马上融合。"

## 球 形 动 物

球体是所有固体物中最匀称的,因为其表面所有的点到球心是等距离的。正因为如此,加上它能够绕轴旋转而不变更位置、不超越界限,所以柏拉图(《蒂迈欧篇》,33)认同造物主把世界造成球形的决定。他判断世界是一个活的生命体,在《法律篇》(898)中,他说行星和恒星也都是生命体。就这样,他在幻想的动物园里配置了巨大的球形动物,他还谴责那些笨拙的天文学家,说他们不愿意理解天体的圆周运动是自发的、自觉的运动。

五百多年以后,在亚历山大城,奥利金[1]宣讲说,享天福的人将会复活成球形,滚动着进入永恒的天堂。

文艺复兴时期,瓦尼尼重提把天视作动物的观念;新柏拉图派的马尔西利奥·菲奇诺提到过地球的毛发、牙齿和骨骼；焦尔达诺·布鲁诺觉得，行星是一些巨大的、安静的动物，有热血，有规律的习性，还有理智。十七世纪初，开普勒曾跟英国的神秘主义者罗伯特·弗拉德对谁先提出地球是一个活怪物的观念发生过争执。"它那鲸鱼式的呼吸，对应的是睡眠和清醒的状态，由此产生了海洋的涨潮和落潮。"开普勒还悉心研究过这个怪物的体形、饮食、颜色、记忆、想象力和可塑性。

十九世纪时，德国的心理学家古斯塔夫·特奥多尔·费希纳[2]（威廉·詹姆斯在其作品《多元的宇宙》中称赞过他）以一种机智的热忱对以前的想法进行了反思。他认为地球——人类之母——是一个有机体，一个高于植物、动物和人类的有机体，任何无意蔑视这种猜测的人，都可以去阅读一下那部《阿维斯陀》[3]的虔诚章节。在里面你们会读到，比

---

1 Origen（约185—约254），希腊神学家，生于埃及亚历山大，早期基督教深具影响力的学者，《圣经》研究者。
2 Gustav Theodor Fechner (1801—1887)，德国物理学家、哲学家、心理学家，著有《〈阿维斯陀〉注或论天堂和后世》。
3 Avesta，波斯古经，琐罗亚斯德教（又称拜火教、袄教）圣典。参见本书第34页脚注1。

如说，地球的球形是人类眼睛的形状，那是我们身体最高贵的部分。还有，"如果说天空是天使们的居所，那么天使们无疑就是星星，因为在天上没有其他居住者。"

# 镜子中的动物

十八世纪上半叶在巴黎出的《训导与求知信札》某一卷中，耶稣会的扎兰热神父计划考察一下广东民间的迷信和误传的事物。在初步的调查中，他记录到一种游得很快、闪闪发光的鱼，谁也没有接触过，却有许多人声称在镜子里面见过。扎兰热神父于一七三六年故世，始于其手的工作就此搁置；一百五十年后，翟理斯[1]继续他中断的工作。据翟理斯说，对鱼的迷信来自一则流传更广的神话，那要追溯到传说中的黄帝时代。

在那个时代，镜中世界和人间世界不是像现在这样互相隔绝。此外，两者是完全不同的，无论是物种、颜色还是形状都不一样。两个王国，镜中的和人间的，和睦相处，通过一面面镜子进进出出。有一天夜里，镜中人入侵人间。他们力量强大，但是经过浴血苦战，黄帝的法术终于占了上风。他打败了入侵者，把他们囚禁在镜子中，强迫他们在一种梦中状态重复人类的所有行为。黄帝剥夺了他们的力量和外形，把他们变成唯命是从的映象。然而终有一天，幻术下的昏睡会被祛除。

第一个醒来的将是鱼。在镜子深处，我们将会看到一条淡淡的线，线的颜色跟任何别的颜色都不一样。然后，其他形状的东西开始苏醒，慢慢地，样子跟我们不一样了，不模仿我们了。最后它们会冲破玻璃或金属的障碍，而这次它们再也不会被打垮了。水中的生物会跟它们并肩作战。

在云南，传说中讲的不是镜中鱼，而是镜中虎。还有人认为，在镜子中的动物入侵前，会听到镜子深处传来兵器的乒乓声。

---

1 Herbert Allen Giles（1845—1935），英国汉学家，曾任英国驻华外交官，后长期担任剑桥大学汉学教授，编著有《华英词典》《中国文学史》等。

# 两个形而上学动物

思想的起源问题给想象动物界增添了两个奇特的动物。一个是在十八世纪中叶想象出来的，另一个晚了一个世纪。

第一个是孔狄亚克[1]的"感觉雕像"。笛卡儿信奉天赋观念论，孔狄亚克为了反驳他，想象出一座大理石雕像，结构形状就像人的身体，宿居其中的灵魂从未有过感觉或思考。孔狄亚克开始给雕像一种感觉：嗅觉，也许这是所有感觉中最不复杂的一种。茉莉花香气是这座雕像生平的开始；有段时间，这个宇宙里除此之外没有其他气味，确切地说，这气味就是宇宙，过段时间，换成玫瑰香气，再后来换成康乃馨香气。在雕像的意识中只有唯一的气味，于是有了注意力；当刺激消失以后气味延续，就有了记忆；当一种现在的印象跟一种过去的印象占据了雕像的注意力，就有了比较；雕像辨别出印象的相同处和不同处，就有了判断；比较和判断再次发生，就有了思考；愉快的回忆比不愉快的印象更为强烈，就有了想象。理解力生成以后，出现了意志力：爱和恨（吸引和厌恶）、希望和恐惧。经历了多次状况，雕像有了数的抽象概念；有了康乃馨香气的概念和曾经的茉莉花香气的概念，有了自我的概念。

作者后来又赋予他假想的人听觉、味觉、视觉，最后赋予它触觉。这最后一种感觉向它揭示了空间的存在，在这个空间里，它存在于一个身体之中；在此阶段前，它所认为的声音、气味、颜色，都只是它的意识的简单变更或修正。

刚才提到的这则寓言，题目叫《感觉论》，一七五四年出版；为加以说明，我们参考了布雷耶[2]的《哲学史》第二卷。

另一个因认知问题而产生的造物，是洛采[3]的"假想动

---

1 Etienne Bonnot de Condillac（1715—1780），法国哲学家、心理学家、逻辑学家。
2 Emile Bréhier（1876—1952），法国哲学家，著有七卷本《哲学史》。
3 Rudolf Hermann Lotze（1817—1881），德国哲学家、逻辑学家。

物"。它比那个闻玫瑰香气、最后变成人类的雕像还要孤单，这动物在皮肤上只有一个可移动的感知点，就在它的触角的顶端。正如看到的那样，其构成禁止它同时具有多种感觉。洛采认为，感觉触角的接收和发射能力，足以使这个几乎与世隔绝的动物发现外部世界（不求助康德的"范畴"）并且区别静态物体和动态物体。这一想象后来得到费英格[1]的赞赏，洛采是把它记录在自己一八五二年出版的著作《医学心理学》中。

---

1　Hans Vaihinger（1852—1933），德国哲学家。

# 六 足 羚 羊

据说长着（或装着）八条腿的，是奥丁神的马，名字叫斯雷普尼尔，它的毛皮是灰色的，它在地上、空中和地狱中游走；六条腿的则是西伯利亚神话中的原始羚羊，因为有这样的配置，所以很难或者说不可能被追上。神猎手顿克坡吉用一棵神树的木头做了一双特别的溜冰鞋，神树整天吱吱咯咯响，是一条狗的吠声使它暴露了。那双溜冰鞋也吱咯作响，滑动起来快得像一支箭，为了控制或减缓速度，只能给鞋安装几个用另一棵魔树的木片做的楔子。顿克坡吉满天庭追逐羚羊，后者筋疲力尽掉落到人间，顿克坡吉砍掉了它两条后腿。

"凡人一天天越来越小，越来越弱，如何能猎到六足羚羊？我自己也只是勉强追上它们而已。"他说。

从那天开始,羚羊成了四足动物。

# 压 路 兽

在一八四〇年至一八六四年间，众光之父（也称是心语）给音乐家和教育家雅各布·洛伯[1]提示了有关构成太阳系的星体上的人类、动物和植物的一系列繁杂发现。有一种家畜，我们对它的认识来自那个发现，它的名字叫压路兽或夯土兽，在米龙星上提供着不计其数的服务，据洛伯著作现在的出版者说，那个星体就是海王星。

压路兽的身量是大象的十倍，跟大象非常相像。它长有一根稍短一点的鼻子和长长的、笔直的尖牙，皮肤呈一种淡青色。腿是圆锥形的，非常粗大，圆锥体的顶部好像是嵌入了身体。这只跖行动物边走边压土，先于泥瓦匠和建筑工。把它带到一块高低不平的土地上，它会用脚、鼻子和尖牙把地整平。

它吃草和根茎,除了几种昆虫之外,它没有天敌。

---

1 Jakob Lorber (1800—1864),欧洲基督教神秘主义者,自称是"上帝的记录员",据说在 1840 年 3 月 15 日,他开始从内心感知"心语"并记录下来,24 年后当他去世时已经累积了一万多页手稿。

# 鹰身女妖哈耳庇厄

在赫西奥德[1]的《神谱》中，哈耳庇厄是长着翅膀的神，留着长长的松散的头发，速度比鸟儿和风都快。在《埃涅阿斯纪》的第三卷中，哈耳庇厄是长着少女脸、弯曲的爪子、肮脏的肚皮，永远吃不饱，饿得脸色苍白的鸟类。它们从山上下来，弄脏喜庆聚会上的桌子。它们刀枪不入、臭气熏天；它们什么都吃，还发出怪叫声，把所有东西都变成粪便。维吉尔[2]的评论家塞尔维奥曾经写道，就像赫卡忒是地狱里的珀耳塞福涅（冥界王后）、人间的狄安娜（森林女神）、天上的露娜（月亮女神），被称作"三相女神"一样，哈耳庇厄是地狱里的厄里倪厄斯（复仇女神）、人间的哈耳庇厄（鹰身女妖）和天上的狄赖（魔鬼）。常有人将其跟命运三女神混淆起来。

依照天神的指令,哈耳庇厄们去追逐一位色雷斯国王,他因向人类泄露了天机,或是以他的双眼为代价换取了长寿,坏了太阳神的规矩,要受到惩罚。国王准备请宫廷里所有人吃饭,哈耳庇厄们来了,大嚼美食,糟蹋食物,最后被阿尔戈英雄们赶走了;罗得岛的阿波罗尼奥斯[3]和威廉·莫里斯[4](《伊阿宋的生与死》)都提到过这则富有幻想的故事,阿里奥斯托[5]在《疯狂的罗兰》第三十三歌里,把色雷斯国王换成了祭司王约翰,阿比西尼亚的传奇皇帝。

哈耳庇厄,在希腊语中是"拐骗者""掠夺者"之意。刚开始它们是风神,就像《吠陀》[6]中挥舞着金色武器(闪电)、挤压云朵的风神马尔殊。

---

1 Hesiod,约公元前八世纪中叶古希腊诗人,著有长诗《工作与时日》《神谱》。
2 Publius Vergilius Maro(前70—前19),古罗马诗人,著有《牧歌》《农事诗》和长篇史诗《埃涅阿斯纪》。
3 Apollonius Rhodius,约公元前三世纪古希腊诗人、语法学家,史诗《阿尔戈英雄纪》的作者。
4 William Morris(1834—1896),英国工艺美术家、画家、诗人、社会改革家,诗歌《伊阿宋的生与死》的作者。
5 Ludovico Ariosto(1474—1533),意大利诗人,代表作为长篇史诗《疯狂的罗兰》。
6 Veda,印度上古宗教文献和文学作品的总称,婆罗门教尊为圣典。

# 三 足 驴

老普林尼说，查拉图斯特拉[1]——现在孟买的帕西人[2]还在信奉的宗教的创始人，写过两百万句诗歌；阿拉伯历史学家塔巴里[3]说，他的作品全集，由虔诚的书法家抄录使之不朽，总计用了一万两千张牛皮。众所周知，后来马其顿的亚历山大下令在波斯波利斯把牛皮全烧掉了，但是祭司们的好记性挽救了作品的基本篇章，从公元九世纪以来，又补充进了一本百科全书《班达希申》[4]，书中包含了以下章节：

"关于三足驴，据说它生活在海洋当中，有三个蹄子、六只眼睛、九张嘴、两只耳朵和一个犄角。它的皮毛是白色的，它吃的是精神食物，它整个就是正义的化身。六只眼睛中两只长在眼睛本来的位置上，两只长在头顶，两只长在脖子上。

它用六只眼睛的凝视来克敌制胜、摧毁敌人。

"九张嘴中三张长在头上,三张长在脖子上,三张长在胁腹部……每个蹄子踩在地上,占据一千头羊聚成的羊群面积,每个球节下甚至可以容纳一千名骑手操练。至于耳朵,则足以覆至马赞德兰[5]。犄角像是黄金的、空心的,上面长出上千个分枝。它用这个角来战胜和清除恶人们的腐坏。"

人们知道琥珀是三足驴的粪便。在古代波斯的拜火教神话里,这个正义的怪物是生命、光明和真理的起源阿胡拉·马兹达[6](又称霍尔莫兹)的助手之一。

---

1 Zarathustra(约前628—约前551),又称琐罗亚斯德(Zoroaster),古波斯先知,创立琐罗亚斯德教,又称拜火教、祆教。
2 公元八至十世纪移居印度的波斯拜火教徒的后裔。
3 Tabari(838—923),伊斯兰教经注学家、法学家、历史学家,出生于今属伊朗的塔巴里斯坦的阿莫勒,其通称即源自出生地。
4 *Bundahishn*,拜火教经典文献。
5 Mazandaran,波斯北部省份。——原注
6 Ahura Mazda,意为光明与智慧之主,古波斯神名,拜火教奉为至高之神。

# 凤　　凰

在巨大的雕像上，在石造的金字塔上，在木乃伊身上，埃及人都在追求永恒；无怪乎在这个国家会出现一只不死的、死而复生的鸟的神话，尽管后来的加工要归功于希腊人和罗马人。埃尔曼[1]写道，在赫利奥波利斯[2]的神话中，凤凰（埃及称贝奴鸟）是禧年之主或时间的漫长轮回之主。希罗多德[3]在一个著名的段落（《历史》，第二卷，73）中，一面多次表示难以置信，一面讲述了这一传说的最初版本：

"那里还有一种我只在画上见到过的神鸟，它的名字叫凤凰。实际上，它很少露面，次数那么少，据赫利奥波利斯人说，每五百年才来埃及一次，就是当它的父亲死去的时候。如果说它的大小和形态跟人们描述的差不多，它的躯体和外貌则酷似鹰，羽毛部分是金色的，部分是红色的。有人告诉我们，它有如下奇特之处，虽然我觉得不甚可信，但不会漏述。它搬运其父遗骸从阿拉伯半岛到太阳神庙，使用下面的办法：首先用没药做一个实心蛋，其大小为它的力量刚好搬得动，做完先要试试分量跟它的力气是否相当；然后在蛋里面挖出一个能容下其父遗骸的空间，再用一些没药封裹遗骸把空隙填满，一直到藏了遗骸的蛋跟原来的实心蛋一样重；然后把开口封住，扛着它的蛋，送进埃及的太阳神庙。不管怎么样，这就是人们有关那只鸟的说法。"

五百多年以后，塔西佗和老普林尼重拾这个神奇的故事。前者观察判断整个古代都是模糊的，但是有种传说可以确定凤凰的寿命是一千四百六十一年（《编年史》，第六卷，第二十八章）。后者也研究了凤凰的年表，他记载（《自然史》，第十卷，第二章）据曼尼里乌斯[4]说，此鸟能活一个柏拉图年，

---

1 Johann Peter Adolf Erman（1854—1937），德国埃及学家、词典编纂家。
2 Heliopolis，埃及古代圣城，又称"太阳城"，在今开罗东北部。
3 Herodotus（约前484—约前425），古希腊历史学家，被誉为"历史学之父"，代表作为《历史》，即《希腊波斯战争史》。
4 Marcus Manilius，约公元一世纪初期罗马诗人、占星学家。

或者说一个大年。柏拉图年是太阳、月亮和五大行星运行回到起始位置所需要的时间；塔西佗在《演说家对话录》中，将其定为一万二千九百九十四平年。古代人认为，完成了这个巨大的天文周期，宇宙历史就会重复每一个细节，因为行星的作用力在重复；凤凰就是宇宙的一面镜子或者一个形象。更进一步的类比，斯多葛派指出，宇宙就是在火中灭亡，在火中重生，这个过程周而复始，无终无始。

年岁之长简化了凤凰的繁育机制，希罗多德说它源自一枚蛋，老普林尼说它始于一条虫，而克劳狄安[1]在公元四世纪末用诗歌咏唱一只不死鸟，它从自己的灰烬中重生，是自身的继承者和各个时代的见证者。

很少有传说流传得像凤凰传说这样广泛。除了已经提到的作者，还应该补充：奥维德（《变形记》，第十五卷），但丁（《神曲·地狱篇》，第二十四歌），莎士比亚（《亨利八世》，第五幕，第四场），佩利塞尔[2]（《凤凰和它的自然史》），克维

---

1 Claudius Claudianus（约370—约404），古罗马诗人，曾任西罗马帝国首任皇帝霍诺留的宫廷诗人。
2 José Pellicer de Ossau Salas y Tovar（1602—1679），西班牙历史学家、语言学家、诗人。

多（《西班牙诗集》，第六卷），弥尔顿（《斗士参孙》，尾声）。还可以列出那首拉丁诗《凤凰》，据说作者是拉克坦提乌斯[1]，公元八世纪曾出现盎格鲁-撒克逊人对这首诗的模仿。特图里安[2]、圣安布罗斯[3]和耶路撒冷的西里尔[4]都提到过凤凰，作为肉体复活的证明。老普林尼还取笑过那些开处方将凤凰巢和凤凰灰入药的医师们。

---

1 Lucius Caecilius Firmianus Lactantius（约250—约325），古罗马基督教作家，基督教早期辩护者之一，曾担任罗马帝国皇帝君士坦丁一世（306—337年在位）的顾问和他儿子的老师。
2 Quintus Septimius Florens Tertullianus（约155—约220），又译特土良、德尔图良等，罗马帝国阿非利加行省迦太基的律师、教会主教，神学家、作家，基督教早期辩护者之一。
3 Aurelius Ambrosius（约339—约397），尊称圣安布罗斯（Saint Ambrose），罗马帝国驻高卢总督之子，神学家、政治家、教会音乐的开创者，长期担任米兰主教，被基督教视为传统教会圣师之一。
4 Cyril of Jerusalem，即 Cyrillus Hierosolymitanus（约313—386），古罗马神学家，曾任耶路撒冷主教，后世基督教尊崇的教会圣师之一。

# 大　　鹏

大鹏是老鹰或秃鹫的夸大版本,有人认为是在中国海或印度洋上迷路的大秃鹫启发阿拉伯人想象出了这种鸟。莱恩[1]拒绝这种猜测,他认为更准确地说,应该是一类神奇生物的神奇物种,或是波斯神鸟西姆尔格的阿拉伯语同义词。大鹏在西方的名声源于《一千零一夜》。读者诸君一定记得被同伴们遗弃在孤岛的辛巴达,某日他望见远处有一座巨大的白色穹顶,次日见一片宽阔的云彩为它遮挡了太阳。穹顶便是大鹏的蛋,那云彩就是母鹏。辛巴达用缠头巾把自己绑在大鹏的巨腿上;大鹏展翅飞翔,把他放在了一座山的山巅,却毫无察觉。讲故事的人还补充说,大鹏用大象喂它的幼崽。

《马可·波罗游记》(第三卷,第三十六章)写道:

"马达加斯加岛的居民说，在每年特定的季节，有一种非常奇特的鸟类从南方飞来，他们叫它大鹏。它模样像鹰，但巨大无比。大鹏体魄强壮，能用爪子抓起一头大象飞向空中，随后将象从高空扔下，再把它吃掉。见过大鹏的人们坚称，大鹏双翼展开有十六步宽，羽毛有八步长。"

马可·波罗补充说：可汗国的特使曾带过一根大鹏的羽毛到中国去。

---

1 Edward William Lane（1801—1876），英国东方学家、翻译家、词典编纂家，译有《一千零一夜》。

# 大鱼巴哈姆特 *

巴哈姆特的名气传到阿拉伯沙漠,那里的人们改变并且夸大了它的形象。从原来的河马或大象变成了浮在深不见底的水域的大鱼,在鱼的上面想象出一头公牛,公牛的上面是一座红宝石山,山的上面有一位天使,天使的上面是六层地狱,地狱的上面是尘世,尘世的上面有七重天。我们在莱恩收集到的一个传说中读到:

"神创造了尘世,但是尘世没有支撑,于是在尘世下面创造了一位天使。但是天使没有支撑,于是在天使脚下创造了一座红宝石的岩石。但是岩石没有支撑,于是在岩石下面创造了一头公牛,那头牛有四千只眼睛、四千只耳朵、四千个鼻子、四千张嘴、四千根舌头、四千条腿。但是公牛没有支撑，于是在公牛的下面创造了一条鱼，名字叫巴哈姆特，在鱼的下面放置水，在水的下面一片漆黑，人类的智慧无法看到比这更远的地方。"

另一些人宣称，尘世的根基在水中；水在岩石上；岩石在公牛脖子上；公牛在沙床上；沙床在巴哈姆特身上；巴哈姆特浮在一阵令人窒息的风上；风起于薄雾之上。薄雾之下无人知晓。

巴哈姆特巨大无比、光芒四射，人类的眼睛无法承受对它的注视。地球上所有的海洋，放在它的一个鼻孔里，就像一粒芥子放在沙漠中间。在《一千零一夜》第四百九十六夜的故事里提到，尔萨（耶稣）曾被允许看见巴哈姆特，但在获此恩惠后，滚倒在地，三天以后才恢复知觉。还有，在这条无法无天的大鱼身下是大海，大海下面是一片空气的深渊，空气下面是火焰，火焰下面是一条叫法拉克的蛇，它的嘴里就是层层地狱。

有关岩石在公牛之上、公牛在巴哈姆特之上、巴哈姆特

---

\* 参见本书第 51 页《巨兽贝赫莫特》。

在别的什么东西之上的构想，好像是为主张神存在的宇宙哲学提供证据，说明任何原因均需要一个前因，并表明必须确定一个起始原因，以避免对前因的无穷追溯。

# 巴尔丹德斯

巴尔丹德斯（这个名字我们也可以翻译成"突变者"或"变形者"）是纽伦堡的鞋匠师傅汉斯·萨克斯[1]受到《奥德赛》一个章节的启发想出来的，那个章节里墨涅拉俄斯追踪埃及神普罗透斯时，后者变成狮子、蛇、豹子、巨大的野猪，变成树、流水。汉斯·萨克斯于一五七六年去世；过了大约九十年，巴尔丹德斯又出现在格里美尔斯豪森[2]的流浪汉小说《痴儿西木传》第六卷里。在一个森林里，主人公跟一座石像相遇，觉得它很像日耳曼古老神庙里的神像。他摸摸石像，石像告诉他，它就是巴尔丹德斯，它的外形可以变成一个人、一棵橡树、一头母猪、一根香肠、一片长满三叶草的草地，可以变成一坨粪便、一朵花、一根花枝、一棵桑树、一块丝毯，还有好多其他的东西和生物，然后重新变成人。它佯装指导痴儿西木"与人交谈的艺术，与天生无言之物，比如椅子、凳子、锅、罐等说话"；它还变成一位书记员，写下圣约翰在《启示录》里说的话："我是初，我是终"[3]，这是它留下指示的加密档案的密钥。巴尔丹德斯还说，它的纹章（跟土耳其的相同，它比土耳其更有权使用）是变化无常的月亮。

巴尔丹德斯是一个连续变化的怪物，一个时间的怪物；格里美尔斯豪森的小说第一版卷首有一幅版画，画的是一个长着羊男萨堤尔[4]的头、人的躯干、展开的鸟的翅膀和鱼的尾巴的生物，它的一个羊蹄和一个鹰爪踩在一堆面具上，那些面具可能代表它变化的各类物种的个体。它腰佩一把剑，手捧一本打开的书，书上画着一顶皇冠、一艘帆船、一只酒杯、一座塔、一个小孩、几个骰子、一顶带铃铛的帽子和一尊炮。

---

1　Hans Sachs（1494—1576），德国诗人、歌手、剧作家，出身于纽伦堡裁缝家庭，多年以鞋匠为业。
2　Hans Jakob Christoffel von Grimmelshausen（1621—1676），德国小说家。
3　引自《圣经·新约·启示录》第22章第13节。
4　参见本书第218页《羊男萨堤尔》。

## 报丧女妖班西

好像谁也没有见过它,与其说它的样子,不如说它的声音,那是一种在爱尔兰和(据沃尔特·司各特爵士[1]所著《魔鬼学与巫术信札》)在苏格兰山区的夜晚让人毛骨悚然的哀号声。它躲在窗子下面,宣告某个家庭成员的死讯。那是没有跟拉丁人、撒克逊人、斯堪的纳维亚人混血的某些纯粹的凯尔特血统家族的专有特权。在威尔士和不列颠地区也听说过它。它属于仙女一族,它的哀号声被称为哭丧。

---

[1] Sir Walter Scott(1771—1832),英国历史小说家、诗人。

# 蛇怪巴西利斯克

随着岁月的流逝，巴西利斯克越变越丑，越变越可怕，现在都被人遗忘了。它名字的意思是"小国王"；老普林尼在《自然史》（第八卷，第三十三章）中说，巴西利斯克是头上有一块白色王冠似的浅色斑纹的蛇。从中世纪开始，它变成了一只四条腿、头顶王冠的公鸡，长着黄色的羽毛、巨大的带刺的翅膀和蛇尾，尾尖带个钩子或者另外带个公鸡头。它的外形变化引起名称变化，乔叟在十四世纪提到过巴西利公鸡。阿尔德罗万迪[1]所著《蛇与龙的自然史》的一幅插画中，给它披上了鳞片而不是羽毛，而且有八条腿。[2]

没有变化的是它杀人的目光。蛇发女妖戈耳工的目光可以把一切变成石头；卢坎说过，从戈耳工三姐妹之一美杜莎的血液中，诞生了利比亚所有的蛇：阿斯匹德、安菲斯比纳、阿莫迪特、巴西利斯克。这段话是在《法萨卢斯》的第九卷中，豪雷吉[3]把它翻译成了西班牙语。

珀耳修斯飞向利比亚，

荒漠地从未有过葱茏生机；

丑陋的脸在那里注入鲜血，

不祥的沙滩一片死亡气息；

体液如雨有了用武之地，

温暖的沙土孕育各式长虫，

妖孽也惊奇荒野里长出蛇蝎……

美杜莎的血液滴在荒原，

生出巴西利斯克全副武装，

毒舌和眼睛里浸透着瘟疫，

---

[1] Ulisse Aldrovandi（1522—1605），意大利自然史学家。
[2] 据《新埃达》记述，奥丁神的马有八条腿。——原注
[3] Juan de Jáuregui（1583—1641），西班牙诗人、学者、翻译家、画家。

> 连蛇蝎见了都要退避三舍,
>
> 它在那里以土霸王自居,
>
> 远地攻击有加倍的杀伤力,
>
> 谁听到它的口哨或看到它的目光,
>
> 顷刻之间黄泉路上把命丧。

巴西利斯克生活在沙漠,确切地说,它造就了荒漠。在它脚下,是坠亡的飞鸟尸体和腐烂的果实;它饮水的河流,河水在几个世纪里都是有毒的。它的目光可以碎石,可以使草地燃烧,这是老普林尼所证实的。黄鼠狼的臭气可以把它杀死;在中世纪,人们认为公鸡的啼叫声能把它杀死,所以有经验的旅行者行走在陌生的地方都要带着公鸡。另一种防身武器是镜子,巴西利斯克一照见自己的模样就会暴毙。

信仰基督教的百科全书作者们拒绝相信《法萨卢斯》中的神话传说,他们试图为巴西利斯克的来源提出一个合理的解释。(他们不得不相信有这条蛇,因为《圣经》之《武加大译本》[1]把

---

[1] 即《圣经》拉丁文通行译本。参见本书第134页脚注2。

希伯来语一种毒蛇的名字 Tsepha 翻译成"巴西利斯克"。）最为人们接受的一种解释，说它来自一只畸形的蛋，蛋是公鸡生的，由一条蛇或一只蟾蜍孵化。到十七世纪，托马斯·布朗爵士宣称，这种解释就跟巴西利斯克的诞生一样荒谬。差不多同一时代，克维多在他的抒情歌谣《巴西利斯克》中写道：

> 假如见到过你的人他还活着，
> 那么你的整个故事就是谎言，
> 假如他没死那他根本无视你，
> 假如他死了也不会说出此事。

# 巨兽贝赫莫特[*]

公元前四世纪，贝赫莫特是大象或河马的夸大版本，或者是两者合体的一种错误的、吓人的版本；现在确切来说，它就是那十个有名的经段（《约伯记》，第40章，第15-24节）所描述以及使人联想到的庞大形象。其余都是讨论或者语文研究。

Behemoth 是一个复数名词，（据语文学家说）它是希伯来语 b'hemah 用于强化词义的复数形式，意思是"野兽"。路易斯·德·莱昂修士[1]在《〈约伯记〉释义》中说："Behemoth 是一个希伯来语词，相当于说'野兽们'；圣师们一致认为是指大象，这么称呼它是因为它奇大无比，一个身躯抵得上一群野兽。"

有趣的是，记得《摩西律法》第一段提到上帝（神）的名字 Elohim（埃洛希姆）也是复数[2]，虽然相关的动词用的是单数（"起初神〔们〕创造天地"），这种复数形式被称为君威复数、尊严复数或者顶称复数。[3]

下面就是有"贝赫莫特"出现的经段，是路易斯·德·莱昂修士直译的，他试图"保留拉丁语的语义，并用带有某种威严的希伯来语的语气"。

15　尔等看看贝赫莫特，食草如牛啊。

16　瞧它强壮的脊背，和腹部脐周的蛮力。

17　它摇晃的尾巴像棵雪松，阳具上布满青筋。

18　它那古铜色的枯骨，像铁棍一样坚硬。

---

\*　Behemoth，又译贝希摩斯、比蒙，后经阿拉伯语读音转写为 Bahamut（巴哈姆特），即贝赫莫特、巴哈姆特为同源的形象演变，参见本书第 41 页《大鱼巴哈姆特》。

1　Luis de León（约 1527—1591），西班牙神学家、诗人、散文作家。

2　单数形式为 Eloah（埃洛阿）。

3　同样，在西班牙皇家学院编订的语法中可以看到："nos（我们）虽然本身是复数性质，但是常常与代表位尊者自我称呼的单数名词一起使用；例如：'我们，路易斯·贝卢加，承圣主及神圣教廷之隆恩，担任卡塔赫纳主教。'"——原注

19　它是上帝之路的开始，它的创造者将用屠刀对它。[1]

20　群山为它生产草料，田野里的野兽都到那里去玩耍。

21　它在树荫下吃草，在甘蔗地里，在潮湿的沼泽地里栖息。

22　树荫盖住了它的影子，河边的垂柳簇拥着它。

23　瞧它在河里吸水，你别奇怪；它一心想让约旦河流过它的嘴巴。

24　它的眼睛像鱼钩逮住河水，它用尖棒捅穿河的鼻孔。

为了弄清上述经段的内容，我们增补西普里亚诺·德巴莱拉[2]的译文。[3]

---

1　它是上帝创造的最大的奇迹，但是上帝创造了它，也将毁灭它。——原注
2　Cipriano de Valera（约 1531—约 1606），西班牙宗教改革家。
3　圆括号中的词在希伯来原文中是没有的，系译者添加。——原注
　另附和合本《圣经·旧约·约伯记》第 40 章第 15—24 节译文：
　15　"你且观看河马。
　　　我造你也造它，
　　　它吃草与牛一样。
　16　它的气力在腰间，
　　　能力在肚腹的筋上。
　17　它摇动尾巴如香柏树，
　　　它大腿的筋互相联络。

（转下页）

15 现在在这里的是贝赫莫特,你我都看到了;它像牛一样吃草。

16 在这里可以看到它脊背的力量,和它的肚脐眼的强壮。

17 它的尾巴摇摆像一棵雪松,阳具上的经脉互相交织。

18 它的骨头像钢铁(那样坚硬),它的四肢就像铁棒。

19 它是上帝的道路的开端,创造它的人将用剑接近它。

20 确实,山岳都为它披上新枝嫩芽,原野上动物都上那儿嬉闹。

---

(接上页)
18 它的骨头好像铜管,
   它的肢体仿佛铁棍。
19 "它在神所造的物中为首,
   创造它的给它刀剑。
20 诸山给它出食物,
   也是百兽游玩之处。
21 它伏在莲叶之下,
   卧在芦苇隐密处和水洼子里。
22 莲叶的阴凉遮蔽它,
   溪旁的柳树环绕它。
23 河水泛滥,它不发战,
   就是约旦河的水涨到它口边,也是安然。
24 在它防备的时候,谁能捉拿它?
   谁能牢笼穿它的鼻子呢?"

54

21 它会躺在阴凉处,甘蔗地的偏僻、潮湿的地方。

22 (大树)用树影遮盖它,溪边的柳丝陪伴它。

23 它夺走了河水使河流干枯;它相信约旦河在它嘴里断流。

24 它在礁石处抓住河的眼睛,又捅穿了它的鼻子。

# 植物羊博拉梅兹

鞑靼的植物羊,也叫博拉梅兹、金毛狗脊蕨或中华狗脊蕨,它是一种植物,形状如一头羔羊,裹着金黄色的绒毛。它从四五个根上长出来;周围的植物都死了,独有它茁壮成长;把它割下来时,会流出一种血样的汁液。狼群常把它当美食吞食。托马斯·布朗爵士在他的著作《世俗谬论》(伦敦,一六四六年)第三卷中这样描述:其他的怪物都是不同的动物物种或属群的结合体,唯有博拉梅兹是植物界和动物界的结合体。

由此我们想起曼德拉草[1],当它被连根拔起的时候会像人一样喊叫;在地狱的某一层那个自杀者的哀伤林,受伤的树枝会同时冒出鲜血和喊叫声;切斯特顿[2]梦见的那棵树会吞噬在树枝上筑巢的小鸟,到了春天,树上不长树叶长羽毛。

---

1 参见本书第163页《曼德拉草》。
2 Gilbert Keith Chesterton（1874—1936）,英国作家,著述涉及小说、评论、诗歌、传记、戏剧、神学等诸多领域。

# 棕色小矮人

这是一些乐于助人的小矮人，皮肤是棕色的，它们的名字即由此而来。它们常常造访苏格兰的农场，并在家里人睡着的时候，来帮助干些家务活。格林童话中有一个情节类似的故事。

著名的作家罗伯特·路易斯·斯蒂文森说他训练棕色小矮人搞文学创作。他做梦的时候，它们会向他建议想象的题材；比如杰基尔博士奇怪地变成了恶魔海德先生，还有那个奥拉拉的故事，讲在一幢古老的西班牙房子里，一个年轻人咬伤了他妹妹的手。

# 天马布拉克

《古兰经》第十七章第一个经段有这样的话:"赞美真主,超绝万物,他在一夜之间,使他的仆人,从禁寺行到远寺。我在远寺的四周降福,以便我昭示他我的一部分迹象。"注释者宣称,被赞美者是真主,那位仆人是穆罕默德,禁寺是麦加的清真寺,远寺是耶路撒冷的清真寺。先知从耶路撒冷被带到七重天。在最早的诵读本上,穆罕默德是由一个人或一位天使引导的,后来的版本中用了一匹天马,比驴大,比骡子小。这匹天马就是布拉克,它名字的意思是"光辉灿烂的"。据伯顿说,印度的穆斯林经常把它画成长着人的脸、驴的耳朵、马的身体、孔雀的翅膀和尾巴。

伊斯兰教的一则传说中讲到,布拉克在离地升空的时候,踢翻了一个盛满水的水罐。先知被带到七重天，一路上跟每一重天上住着的长老和天使交谈，穿过了整个天庭，当真主用手拍了一下他的肩膀时，他觉得一阵寒气使他的心都结冰了。人的时间不能跟神的时间一样度量；先知回来以后，捧起那个水罐，里面的水还是满满的，一滴都还没有洒出来。

米格尔·阿辛·帕拉西奥斯[1]讲到一位十三世纪的穆尔西亚神秘主义者，他在一部题为《夜访至圣天主之旅》的寓言书中，把布拉克描述为神佑的象征。在另一篇文章里他提到"布拉克心地纯洁"。

---

1 Miguel Asín Palacios（1871—1944），西班牙学者，以研究伊斯兰文化和阿拉伯语著称。

##    海    马

与其他想象的动物不同,海马不是由不同类的生物元素组合起来的;它无非就是一匹野马,其居所是大海,只是在无月的夜晚,当海风吹来母马气味的时候才会踏上陆地。在某个小岛——也许是婆罗洲——牧人们在海岸上拴好国王最好的母马,然后躲进地窖里;辛巴达看见那匹小马从海里出来,看它跳到母马身上,听到它的嘶叫。

据伯顿说,《一千零一夜》的定稿诞生于十三世纪。宇宙学家卡兹维尼[1]就是在十三世纪出生和去世的,他在他的专著《创造的奥妙》中写道:"海马跟陆马是一样的,但是海马的鬃毛和尾巴更茂密,毛色更光亮,马蹄分叉像野牛,身高略低于陆马,比驴稍高一点。"他还说,海马和陆马交配后会生出非常漂亮的小马,他提到一匹黑色皮毛的小马驹,"身上有银白色的花斑"。

十八世纪的旅行家王大海在《中国杂记》[2]中写道:

"海马常现海滩求偶,时有抓获者。其毛色黑亮,尾长及地;于陆地则与普通马无异,性驯顺,日行千里。宜远离江河,一旦见水,则旧性复发,遁水而远去矣。"

人类学家则在希腊罗马关于海风使母马受孕的传说中探索伊斯兰传说的来源。在《农事诗》第三卷中,维吉尔用诗歌表达了这一想法。老普林尼(《自然史》,第八卷,第六十七章)则表达得更为严谨:

"无人不知在卢西塔尼亚的奥利西波(里斯本)附近,在

---

1 Zakariya al-Qazwini(1203—1283),通称卡兹维尼,波斯宇宙学家、地理学家。
2 准确来说应是《海岛逸志》。王大海,字碧卿,号柳谷,生卒年不详,清代乾隆年间福建漳州府龙溪县人。1783年,王大海到达爪哇岛,先后旅居巴达维亚(今印尼雅加达)、三宝垄等地,于1791年撰成《海岛逸志》,分七部分记述了印尼诸岛的地理、人物、民族、风土、风物、花果及杂闻。《海岛逸志》最早有1849年上海墨海书馆出版的英国传教士麦都思(Walter Henry Medhurst, 1796—1857)英译版,收于麦都思主编的《中国杂记》丛刊 (*The Chinaman Abroad: or A Desultory Account of the Malayan Archipelago, particularly of Java* by Ong-Tae-Hae, *The Chinese Miscellany*, no. 2: 80–123, Shanghai: The Mission Press, 1849)。

塔霍河岸边,母马面迎西风,因西风而受孕;这样孕育的幼马轻捷惊人,但会在满三周岁前死亡。"

历史学家查斯丁猜测,把奔跑迅捷的骏马称为"风之子"的夸张说法,是这种传说的起源。

# 刻耳柏洛斯

如果说地狱是一栋房子，是冥王哈得斯的房子，自然要有一条狗为它守门，自然也会把这条狗想象得很凶猛。赫西奥德在《神谱》中说它有五十个头；为了造型艺术的方便，这个数字缩减了不少，一般都认为刻耳柏洛斯有三个头。维吉尔提到过它的三个喉咙；奥维德说起过它的三重吠叫声；巴特勒[1]把教皇（天国的守门人）的三重冕跟地狱守门犬的三个头做比较（《胡迪布拉斯》，第四部，第二篇）。但丁给了它人类的形象，更加重了它的地狱性：肮脏的黑须，利爪在雨中撕扯罪孽深重的灵魂。它咬人，吠叫，露出尖牙。

将刻耳柏洛斯暴露在光天化日之下，这是大力神赫拉克勒斯的最后杰作。十八世纪的一位英国作家扎卡里·格雷[2]

是这样描述这场冒险的:

"这条犬的三个头,分别代表过去、现在和将来,它们接受——并且像有人说的那样,吞噬世间万物。它被赫拉克勒斯打败,证明英雄的业绩可以战胜时间,在后世的记忆中永存。"

根据更久远的文字描述,刻耳柏洛斯用尾巴(那是一条蛇)跟下地狱的人打招呼,谁想离开地狱它就把谁吃掉。后来有个传说,说它会咬来到地狱的人;为了安抚它,在下葬时有个习俗,就是在棺材里放上一块蜂蜜蛋糕。

在斯堪的纳维亚神话中,有一条淌着血的狗加姆,专门为亡者守门,当地狱狼吃掉月亮和太阳的时候,它会出来跟众神战斗。有的人说此狗有四只眼睛,婆罗门教的死神阎魔的狗也是有四只眼睛。

婆罗门教和佛教都提到地狱里有狗,这狗跟但丁说的刻耳柏洛斯一样,都是灵魂的刽子手。

---

1 Samuel Butler (1612—1680),英国诗人、讽刺作家,代表作为讽刺诗《胡迪布拉斯》。
2 Zachary Grey (1688—1766),英国牧师、作家。

# 卡托布莱帕斯

老普林尼(《自然史》,第八卷,第三十二章)说,在埃塞俄比亚的边境,离尼罗河源头不远处,生活着卡托布莱帕斯。

"此兽身量中等,行动慵懒。头部明显沉重,身体载着它非常辛苦,总是把头垂向地面。要不是这样的话,卡托布莱帕斯会把人类都消灭了,因为任何人只要看到它的眼睛即倒地而死。"

卡托布莱帕斯在希腊语中是"眼睛朝下看"的意思。居维叶[1]提出,角马(受蛇怪巴西利斯克和蛇发女妖戈耳工的影响)启发了古代人想象出卡托布莱帕斯。在《圣安东的诱惑》[2]的结尾写着:

"卡托布莱帕斯,黑水牛,长着一个猪头搁在地上,猪头与背脊由一根细脖子相连，脖子又长又软就像一条空的肠子。它趴在淤泥地里，脸部遮满硬鬃毛，长长的鬃毛一团团拖下来把腿都掩埋了，它说：

"'肥胖、忧郁、乖戾，除了感受肚子下面湿土的温暖外我无所事事。我的脑壳重得使我抬不起头来，我让它在身旁慢慢转动，半张着嘴巴，用舌头舔食被我的气息熏湿的毒草。有一次，我把自己的脚咬了都没有感觉到。

"'安东啊，谁也没有见过我的眼睛，要么见过的人都死掉了。如果我抬起我红肿的眼皮，那你就死定了。'"

---

1 Georges Cuvier（1769—1832），法国动物学家，比较解剖学和古生物学的奠基人。
2 法国作家居斯塔夫·福楼拜（Gustave Flaubert, 1821—1880）的小说代表作。

# 半 人 马

半人马是想象动物园中最和谐的造物。奥维德在《变形记》中称它为"双形兽",但是人们容易忘掉它的异质性,认为在柏拉图的形式世界中存在半人马的原型,或是马或是人。发现这个原型却花了好几个世纪,在远古的石碑上出现了一个裸体人像,人像很别扭地配上了一个马屁股。在奥林匹亚宙斯神庙的西面立墙上,半人马已经有了马腿,在应该长出马脖子的地方长出了人的躯干。

色萨利国王伊克西翁,和宙斯化为天后赫拉形象的一团云结合,生下了半人马;另一个说法是,半人马是太阳神阿波罗的孩子。(有人说,半人马是乾闼婆的衍生形象;在《吠陀》神话中,乾闼婆是管辖太阳的马群的小神。)因为荷马时代的希腊人不懂得骑马，人们猜想，他们在看到第一个游牧人时，以为人和马是合为一体的，还可以推想，当年皮萨罗[1]或埃尔南·科尔特斯[2]的士兵，在印第安人的眼里也是半人马。

"骑马的兵有一个摔下马来，印第安人看到那个动物摔成了两部分，他们以为那原来是一体的，所以大为恐慌，转身就跑，大声喊叫着，跟自己人说，怪物变成两个了。他们惊奇不已：怀疑这是不是真的；这不能不说是个奇迹，因为要不是发生了这一幕，估计他们会把基督徒全部杀光。"普雷斯科特[3]引述的一段文字是这样说的。

但是，希腊人跟印第安人不同，他们认识马；比较可信的推测是，半人马是一个深思熟虑的形象，而不是一个无知的误会的产物。

最广为流传的有关半人马的传说，就是半人马大战拉庇

---

1 Francisco Pizarro（约 1475—1541），西班牙殖民者，秘鲁印加帝国的征服者。
2 Hernán Cortés（1485—1547），西班牙殖民者，墨西哥的征服者。
3 William Hickling Prescott（1796—1859），美国历史学家，长期研究西班牙在南美的殖民活动，代表作为《墨西哥征服史》《秘鲁征服史》。

泰人。后者是请前者参加一场婚礼。对客人们而言，这是第一次喝酒；婚宴进行到一半，一个喝醉的半人马侮辱新娘，掀翻了桌子，开始了那场著名的半人马大战。菲迪亚斯[1]，或是他的一个弟子，把这一场景雕刻在帕台农神庙里；奥维德把它写进《变形记》第十二卷；此事也激发了鲁本斯的灵感。半人马被拉庇泰人打败了，不得不逃离色萨利。后来赫拉克勒斯在另一场战斗里，用弓箭消灭了这个种族。

半人马是粗鲁野蛮和暴怒的象征，但是"半人马中最公正的一位，喀戎"（《伊利亚特》，第十一卷，832），是阿喀琉斯和阿斯克勒庇俄斯的老师，他教他们音乐艺术、打猎、打仗，甚至还教他们医学和外科治疗。喀戎令人印象深刻的是在《神曲·地狱篇》第十二歌中的出场，此歌公认为是"半人马之歌"。有关内容请参阅莫米利亚诺[2]在一九四五年版本上的精彩评注。

---

1 Phidias（约前490—前430），古希腊雕刻家，雅典卫城帕台农神庙装饰雕刻的总设计者，创作了其中主要的雅典娜雕像。
2 Arnaldo Momigliano（1908—1987），意大利历史学家，后流亡英国，古代史、古典文明的研究大家。

老普林尼说他见到过一个半人马，是保存在蜂蜜中，从埃及运来献给皇帝的。

在《七贤会饮》中，普鲁塔克[1]幽默地讲述了科林斯的暴君佩里安德的一个牧马人，用皮袋子给主人送来一匹母马刚生的幼崽，那动物的脸、脖子、手臂都是人的，其余部分都是马的。它哭起来像婴儿，大伙儿都认为是可怕的征兆。贤者泰勒斯看着它，笑了，他跟佩里安德说自己实在无法认同他的这些牧马人的行为。

在长诗《物性论》第五卷中，卢克莱修[2]断言半人马不可能存在，因为马的成熟期早于人类，到了三岁，半人马成了一匹成年马，同时又得是一个牙牙学语的幼儿。这匹马会比人早五十年死去。

---

1 Plutarch（约46—120），希腊传记作家、伦理学家，主要作品有《希腊罗马名人传》《道德论丛》等。
2 Titus Lucretius Carus（约前99—约前55），古罗马诗人、哲学家，长诗《物性论》为其代表作。

# 百 首 鱼

百首是一条鱼,是恶语之业[1]造成的,是身后往昔时间的回响。中国一部关于佛陀的传记中提到,佛陀遇见几个渔夫,他们在拉一张渔网。经过无数次努力,他们终于把一条大鱼拉上了岸。这条鱼长有一个猴头、一个狗头、一个马头、一个狐狸头、一个猪头、一个虎头……就这样一直到一百个头。佛陀问它:

"你不是迦毗罗吗?"

"我是迦毗罗。"百首鱼临死前回答说。

佛陀跟弟子们说,迦毗罗前世是个遁入空门的婆罗门,他参透佛经的智慧超越了所有人。有时候,他的同伴说错了什么,他就骂他们是"猴头""狗头"之类。当他死后,他这些谩骂累积的业使他变成了水中的怪物，扛着他曾经说过他同伴的所有的头。

---

1 karma，梵语，又译"羯磨"，一般指因果报应。

# 天　鹿

我们谁也不知道天鹿是什么样子（也许因为谁也没能清楚地见到它），但是知道这些可怜的动物在地底下走动，除了能够出来见见天光之外一无所求。它们会说话，会求矿工帮它们出来。一开始，它们想贿赂矿工，承诺用贵金属作为回报；这个计策失败后，天鹿就来纠缠矿工，后者就坚决地把它们禁闭在矿井坑道里。也听说有人被天鹿折磨。

传说还说到，如果天鹿冒出来见了光，就会化成有恶臭的液体，毁掉整个国家。

这个想象的故事出自中国，杰·威洛比-米德[1]将其收录在《中国的食尸鬼和妖精》（伦敦，一九二八年）一书中。

---

1　Gerald Willoughby-Meade（1875—1958），英国作家，皇家亚洲学会会员、伦敦中国协会理事会成员，写作关于中国民间传说中的超自然现象。

# 狼狗克罗柯塔和类克罗柯塔

克泰夏斯[1]是波斯王阿尔塔薛西斯二世的医生，他借助波斯的资源编写了一本印度记述，这部作品对于了解阿尔塔薛西斯二世时代的波斯人如何看待印度，有不可估量的价值。这本汇编的第三十二章讲到狼狗的传闻，老普林尼（《自然史》，第八卷，第三十章）给这种假想动物取名为克罗柯塔，并声称"没有东西是它不能用牙齿咬碎了即刻吞下去的"。

更确切地说，不是克罗柯塔，是类克罗柯塔，在它身上某些评论者看到了角马的影子，另有些人看到了鬣狗的影子，还有些人则认为它是两者的结合体。它跑得极快，身量像野驴。它长着鹿脚，狮子的脖子、尾巴和胸脯，獾头，蹄分叉，嘴巴开到耳朵，一根连续的牙骨代替牙齿。它生活在埃塞俄比亚（那里有野牛，长着会动的牛角），因为会柔和地模仿人类的声音而出名。

---

1 Ctesias，公元前五世纪古希腊医生、研究波斯和印度的历史学者，自公元前405年到波斯，曾做过波斯国王大流士二世（Darius II，前423—前404年在位）及其子阿尔塔薛西斯二世（Artaxerxes II，前404—约前359年在位）的医生。

# 柯罗诺斯或赫拉克勒斯

新柏拉图派的达马希乌斯[1]在专著《第一本原的疑问与解答》中，记录了俄耳甫斯教的神谱和宇宙起源说的一个奇怪版本，书中说，柯罗诺斯——或赫拉克勒斯——是一个怪物。

"据希罗尼莫斯和赫拉尼库斯（如果两个名字不是同一个人的话）说，俄耳甫斯教的教义指出，世界的初始只有水和泥，两者合在一起出现了土。水和土即为初始两大本原。由此产生了第三本原，一条有翼的龙，从正面看它长了一个牛头，从后面看是一个狮子头，从中间看是一张神的脸；人们把它称作'不老柯罗诺斯'，也叫'赫拉克勒斯'。由它产生必然性，也叫不可避免性，在宇宙漫延直至边际……柯罗诺斯，那条龙，从身体里排出一卵三胎：潮湿的太空[2]、无限的混沌[3]和晦暗的阴阳界[4],在卵之下它产下一个蛋,从蛋里生出了世界。最后一个本原是一位神,男女同体,背上长有金翅膀,两侧长出牛头,头顶是一条巨龙,堪比各类猛兽……"

也许因为这种怪诞和不着边际更具东方特色而非希腊特色,瓦尔特·克兰茨[5]认为这些创造性的说法源自东方。

---

1 Damascius(约462—538),东罗马帝国的哲学家,得名于其出生地叙利亚的大马士革(Damascus),雅典柏拉图学院的最后一任院长。
2 Ether,或写作 Aether,音译埃忒耳,希腊神话中的太空之神,代表天堂,也是假想物质"以太"名称的来源。
3 Chaos,音译卡俄斯,指宇宙形成之前难以分辨的空间,后来希腊神话将其作为原初混沌之神。
4 Erebus,音译厄瑞玻斯,希腊神话中的黑暗之神,人死后来到冥界先是经过厄瑞玻斯所在的黑暗地带。
5 Walther Kranz(1884—1960),德国古典语文学家、哲学史家。

## 杂 交 动 物

"我有一只奇怪的动物,一半是猫咪,一半是羊羔。那是我父亲留下来的。在我手里它完全长大了,以前它更像羊羔,不像猫,现在是一半一半。它有猫的脑袋和爪子,羊的身量和身形;两只眼睛又孤僻又机灵,皮毛柔软贴着身体,动作蹦蹦跳跳又鬼鬼祟祟。它躺在窗台上晒太阳,身子蜷成一团,还发出呼噜呼噜的声音;它在田野里疯跑,谁也追不上它。它见猫就扑,还想攻击羊。有月亮的晚上,它喜欢在屋顶的落水管槽里散步。它不会喵喵叫,讨厌老鼠。它一连几个小时在鸡舍前面窥视,但从未干过杀生的事。

"我用牛奶喂它,这是最对它胃口的。它长着猛兽的牙齿却大口大口喝奶。这自然成了孩子们眼中的热闹场景。星期天早晨是孩子们来访的日子。我坐着把那只动物放在膝盖上,街坊的孩子们都围着我。

"这时候他们向我提出任何人都回答不了的各种各样奇特问题:为什么只有一只动物是这样的?为什么它的主人是我而不是别人?以前有没有过这样的动物,它死了以后怎么办?它不觉得孤单吗?它为什么不生孩子?它叫什么名字?等等等等。我没有花功夫去回答,我就是把我的东西拿出来给大家看看,没有更多的解释。有时候孩子们把猫带来,有一次还带来了两只羊羔。跟他们的希望相反,动物们没有出现相认的场面。它们用温顺的动物目光对视,互相接受对方作为神造的现实。在我膝头的这只动物不知道恐惧,也没有追逐其他动物的冲动。它蜷缩在我怀里,似乎这样感觉最好。它依恋养育它的家庭。这种忠诚没有什么特别,这是动物固有的本能,尽管它在地球上有无数的姻亲,但没有一个血亲,它在我们这里得到的关爱,对它来说是神圣的。

"有时候当它在我周围发出呜呜声,在我腿间缠绕,不愿意离开我的时候,我忍不住要发笑。这就好像它做猫做羊还不够,还想做狗似的。有一次——这种情况谁都会碰到——

我遇到经济困难走投无路，都已经准备什么都不要了。带着这个想法我在房间的扶手摇椅中晃悠着，那只动物就在我的膝盖上；忽然我想低下眼睛看看，却看见有眼泪滴在它长长的胡子上。是它的眼泪还是我的眼泪？难道这只有羊的灵性的猫，还有人的傲气？我没有从我父亲那里得到多少遗产，但是这件遗物还是值得珍藏的。

"它有两种天性，有猫的也有羊的，尽管两者区别很大。所以它的皮囊嫌小了。它有时跳上扶手椅，把前爪搁在我的肩上，把它的鼻子凑近我的耳朵。它好像在跟我说话，实际上它转过头，顺从地看着我，在观察我对它的行为的反应。为了逗它开心，我假装明白了，我点点头。这时它就跳到地上，在周围乱蹦。

"兴许屠夫的刀子是这只动物的最后解脱，但它是一件遗物，我应该拒绝那样做。所以它必须等待自己咽下最后一口气，虽然有时候它用人类的理性目光看着我，催促我采取理性的行动。"

弗朗茨·卡夫卡[1]

---

1 本篇引自卡夫卡的短篇小说遗作《一只杂交动物》。

# 裹着链子的母猪

在费利克斯·科卢西奥[1]编写的《阿根廷民俗词典》(布宜诺斯艾利斯,一九五〇年)第一百零六页上写着:

"传说在科尔多瓦省的北部,尤其是基利诺市,出现了一头裹着链子的母猪,通常它都是在晚上的时间出现。火车站附近的居民说,裹着链子的母猪有时在铁轨上走动,另有人跟我们说,它沿着电报线跑,'链子'发出诡异的声响,已经见怪不怪了。但是并没有人见过它,因为真要去找它,它又会神秘地消失。"

---

1 Félix Coluccio(1911—2005),阿根廷民俗学家、作家。

# 犹太教的魔鬼

在肉体和精神世界之间，犹太教的迷信预设了一个居住着天使和魔鬼的世界。其人口的统计超出了算术的可能性。埃及、巴比伦、波斯随着时间的推移，对这个世界的形成都做出了贡献。也许缘于天主教的影响（特拉亨伯格[1]提示说），魔鬼学或称魔鬼学科的重要性不及天使学或天使学科。

但是我们要提一下科特·梅里里[2]——正午与炎夏之主。几个去上学的孩子遇上了它，结果除了两人幸免于难，其他全部死亡。在十三世纪，犹太教的魔鬼学增添了许多来自拉丁、来自法兰西和德意志的不速之客，最后它们跟犹太教典籍《塔木德》记载的魔鬼混在了一起。

1 Joshua Trachtenberg(1904—1959),出生于英国伦敦,三岁时移居美国,犹太拉比,犹太复国主义者,犹太文化和历史学者。他作为拉比,为美国多个犹太教区服务,著有《魔鬼和犹太人》《犹太人的魔法和迷信》等。
2 Keteb Merirí,希伯来传说中的一个魔鬼,在日间约上午十点至下午三点出来活动,正午时最为活跃,在阳光与阴影的交界处拥有力量。

# 斯威登堡的魔鬼

埃马纽埃尔·斯威登堡（1688—1772）的魔鬼不构成一个物种，它们来自人类。它们是死亡以后选择了地狱的个体。它们在那个布满泥沼、荒漠、丛林、焚毁的村庄、淫窝、黑巢的地区并不幸福，但是如果在天堂则会更加不幸。有时候天光闪电会从空中打到它们身上，那些魔鬼会感觉被烧焦，会闻到焦臭味。它们自认为漂亮，但许多魔鬼是野兽脸，或者横肉满面，或者没有脸。它们生活在互相仇恨中，时而刀兵相见；要是它们聚集在一起，那不是为了摧残彼此就是为了摧残他人。上帝禁止人类和天使绘制地狱的地图，但是我们知道它的总体形状就是一个魔鬼的形状。最肮脏、最凶残的地狱在西方。

# 食 灵 怪

有一种怪异的文学体裁，它独立地出现在各个时期和各个民族：死者在尘世之外地区的指南。斯威登堡的《天堂和地狱》、诺斯替教的文献、西藏的《中阴闻教得度》[1]（伊文思-温兹[2]认为，题目应该译为"在死后通过听教得以解脱"）和《埃及亡灵书》，例子还可以举出好多。后两部书的"相同处和不同处"值得博学之士关注，这里我们就复述一下，西藏人的经书说，另一个世界跟尘世一样，是虚幻不真实的，埃及人则说，那是真实而客观的。

在两部书里都有由神灵们组成的审判庭，有的神灵长着猴头；两者都有功德和罪过的评估。在《埃及亡灵书》里，一根羽毛和一颗心分别放在天平两端；在《中阴闻教得度》

里，有白色和黑色的小石子。西藏人有恶鬼充当狂暴的刽子手，埃及人有食灵怪。

死者发誓没有制造过饥荒或哀怨，没有杀生和纵容别人杀生，没有盗窃过丧葬供品，没有缺斤少两，没有从婴儿嘴里断奶，没有克扣牲口饲料，没有抓捕过神灵们的宠鸟。

如果死者说谎，四十二位法官就把他交给食灵怪，"它前面是鳄鱼，中间是狮子，后面是河马"。另有一只叫巴比的动物做它帮手，对于那只动物，我们只知道它很可怕，普鲁塔克说它就是巨神提坦之一，是喀迈拉[3]的父亲。

---

1 藏传佛教经书，又译《西藏度亡经》。
2 Walter Evans-Wentz（1878—1965），美国人类学家，藏传佛教研究者。
3 参见本书第204页《喀迈拉》。

# 分　身


受到镜子、水面、孪生子的暗示或启发，许多民族都有分身这个概念。有人认为像毕达哥拉斯的"朋友是另一个自己"、柏拉图的"认识你自己"等格言均受此启发，这是可信的。它在德国被称为 doppelgänger（"二重身"）[1]；在苏格兰叫 fetch（"找寻"）[2]，因为它要来找寻人类，带他们去见死神。所以说，见到自己本人是不吉之兆；罗伯特·路易斯·斯蒂文森写的悲剧长诗《提康德罗加》里就叙述了这样一个传说。这也让我们想起罗塞蒂[3]那幅奇怪的画《他们如何与自己相遇》，画中一对恋人在黄昏的树林里与他们自己相遇。在霍桑、陀思妥耶夫斯基、阿尔弗雷德·德·缪塞的作品中都可以找到类似的例子。

对犹太人而言，分身的出现并不是即将死亡的凶兆，相反是已经获得先知身份的明证。这是格尔肖姆·朔勒姆[4]的解释。《塔木德》收录的一个传说，讲一个人去寻找上帝，结果跟自己相遇了。

在爱伦·坡的短篇小说《威廉·威尔逊》中，分身是主人公的良知。主人公把它杀了，自己也死了。在叶芝的诗歌中，分身是我们的反面，我们的对立面，与我们是互补的，但现在不是、将来也不是我们。

普鲁塔克写过，希腊人把国王的代表称为"另一个我"。

---

1 又译"面貌极相似者"。
2 又译"生魂"，指生者的灵魂。
3 Dante Gabriel Rossetti（1828—1882），英国画家、诗人。
4 Gershom Scholem（1897—1982），出生于德国的以色列哲学家、历史学家，犹太教神秘主义研究者。

# 龙

龙有能力以许多形式现身,但是这些形式很不可思议。一般情况下,人们想象它有马头、蛇尾,两侧生巨翼,有四只爪子,每只爪子上长四个尖甲脚趾。还听说龙有九貌:角像鹿,头像骆驼,眼睛像魔鬼,颈部像蛇,腹部像软体动物,鳞片像鱼类,爪子像鹰,掌像虎,耳朵像牛。有的龙的形象缺少耳朵,是用龙角听声音的。通常画龙都画一颗龙珠,挂在颈部,象征太阳。龙的威力就聚集在这颗珠上,一旦被人拿走,龙就失去攻击性。

历史赋予龙作为远古帝王的父亲的权威。龙骨、龙牙和龙涎都有药效。龙可以随心所欲地显身示人或者隐身。龙在春天升上天空,秋天潜入水底。有些龙没有双翼,靠身体的力量飞翔。研究者们把龙分为各种类别。天龙在背脊上载着天神的宫殿，不让它们坠落到地上；神龙呼风唤雨造福人类；地龙划定山溪河川的走向；地下龙看管地下宝藏，禁止人类采挖。佛教徒们说，在那多重同心海[1]里龙不比鱼少；在宇宙的某个地方藏着一个神圣的数字，可以表示龙的确切数量。中国人信仰龙甚于信仰其他神明，因为他们在变化多端的云层中经常看到龙。无独有偶，莎士比亚也观察到有龙形的云存在（"有时我们会见到龙形的云朵"）。

龙统辖山岳，涉及风水相术，龙近坟茔而踞，则与祭拜孔子有关。龙是四海之神，又在陆地上亮相。海龙王们居住在金碧辉煌的水下宫殿里，以蛋白石和珍珠为食。龙王共有五位：主龙王落座中间，其余四位分属四个方位。它们身长有一里格[2]，变换姿势就会地动山摇。它们身披金黄的鳞片。龙嘴之下是长长的龙须，腿上和尾部都有长毛。龙的额头隆

---

[1] 古印度神话传说，后被引入佛教，认为须弥山是世界的中心，以须弥山为中心，八重海、八重山顺次环绕，连同第八重海上东西南北方位的四大部洲，再连同日月构成一个小世界。
[2] legua，欧洲和拉丁美洲旧时长度单位，相当于3海里（约海上5.5公里）或3英里（约陆地上4.8公里）。

起在一对烈火般的眼睛之上，耳朵小而肥厚，嘴巴张开，舌长齿尖。它们吐口气能把鱼群煮沸，它们身上散发的热量，能把鱼群烤熟。它们冒出水面时，海洋会卷起旋涡、刮起台风；它们飞翔在空中时，会掀起狂风暴雨，在城市里揭掉房子的屋顶，在乡村里淹没田地。龙是永生不死的，它们之间不管相隔多远都能交流沟通，不需要语言。每年三月，它们要向天庭呈报。

# 中 国 龙

中国的天地起源说指出，（世间）万物均来自互补、永恒的两个元素有节奏的运作，就是阴和阳。与阴相对应的是集中、黑暗、被动、双数、寒冷；与阳相对应的是生长、光明、活力、单数、温热。阴的象征是女人、地、橙黄、山谷、河床、虎；阳的象征是男人、天、青蓝、山峰、梁柱、龙。

中国龙，是四大灵兽之一（其余三种是麒麟、凤和龟）。西方的龙，充其量就是吓人，说到底也就是个可笑的形象；相反，中国传统文化中的龙具有神性，好比一位天使，同时又是一头狮子。所以在司马迁的《史记》中可以读到孔子去请教档案馆或是图书馆馆长老子，拜访回来说：

"鸟，吾知其能飞；鱼，吾知其能游；兽，吾知其能走。走者可以为罔，游者可以为纶，飞者可以为矰。至于龙，吾不能知其乘风云而上天。吾今日见老子，其犹龙邪！"

一条龙或者一匹龙马从黄河中跃出，它向一位皇帝展示了那幅象征阴阳互动的有名的太极图；有位君主厩舍里养着供骑驾和役使的龙；另有一位君主以龙为食，国力强盛。一位大诗人，描述声名之祸，曾写道："麒麟作脯龙为醢"。

在《易经》（意为变化的规律）中，龙通常代表智者。

多少个世纪里，龙一直是皇帝的标志。皇帝的座椅叫龙座，皇帝的脸叫龙颜。宣布皇帝去世，称之乘龙升天。

民间的想象把龙跟云、农夫渴望的雨、大河联系在一起。在惯用语中经常用龙来表示雨水。公元六世纪左右，画家张僧繇画了一幅壁画，上面有四条龙。看客们指出他漏画了眼睛。张心中不快，提笔在两条龙栩栩如生的形象上点上了眼睛，顿时"雷电破壁，二龙乘云腾去上天，二龙未点眼者皆在"。

中国龙有角、有爪子、有鳞片，背脊上有凸起的棘刺。它通常口衔一颗龙珠，做吞吐状；龙的威力就聚集在龙珠上，一旦被人取走，龙就失去攻击性。

庄子曾讲述过，有位刚毅男子，三年不辞辛劳学会了屠龙术，但一辈子没有机会一显身手。

# 西 方 的 龙

一条有爪子、有翅膀的粗壮大蛇，这也许是对龙最忠实的描述。它可以是黑色的，但必须是发亮的，还常常需要嘴里喷火或烟雾。当然，前面的描述是说它现在的形象，希腊人好像把任何大蛇都叫这个名字。老普林尼说，龙在夏天爱喝象血，象血特别清凉。龙会突袭大象，用身体缠住象，然后用牙齿刺穿大象身体。大象被吸干血后，翻滚倒地而亡，龙则被对手的重量碾压致死。我们还读到，埃塞俄比亚的龙，为了寻觅更好的食物，常常会游过红海，往阿拉伯半岛迁移。为完成这一壮举，四五条龙会抱成团，把头伸出水面，连成一条船的样子。另有一章节是写由龙生成的药物。里面说，龙的眼睛晒干后，研碎拌以蜂蜜制成膏剂涂抹，可以有效地治疗梦魇。龙心的油脂涂在羚羊皮上,再用鹿的筋腱将皮绑在手臂上,在诉讼中可以稳操胜券;把龙的牙齿挂在身上,可以获得东家的宽容和国王的恩宠。文中还不无怀疑地提到一种使人战无不胜的制剂,用狮子毛和狮子的骨髓、刚赢得赛跑的马匹嘴上的泡沫、狗的指甲以及龙头和龙尾制成。

在《伊利亚特》第十一卷中可以读到,阿伽门农的盾牌上有一条长着三个头的蓝色的龙;几个世纪后,斯堪的纳维亚的海盗们在盾牌上画龙,在船头雕刻龙头。在罗马人中间,龙是骑兵队的标志,就像鹰是步兵军团的标志,也许这就是现代龙骑兵的起源。在英国的日耳曼国王的旗帜上有龙的图案,画这些图案是为了让敌人心生恐惧。因此,在阿蒂斯的歌谣中,我们可以读到:

这是罗马人经常佩戴的,

这使我们看了非常恐惧。[1]

---

1 原文为法文。

在西方，龙总被认为是邪恶的。英雄们（赫拉克勒斯、西古尔德、米迦勒、圣乔治）的经典功绩就是战胜龙和杀死龙。在日耳曼传说中，龙看管珍宝。同样，公元八世纪左右在英国完成的史诗《贝奥武甫》提到过一条龙，它看管一处宝藏达三百年。一个逃亡的奴隶躲进龙的山洞，偷走了一个金杯。龙醒来后发现失窃，决定要杀死窃贼。它时不时就到山洞里去仔细查看。（让怪物也具有缺少安全感的人性，诗人的想法令人赞叹。）后来龙开始施暴于王国；贝奥武甫找到了它，跟它搏斗，把它杀死了。

人们一度相信龙的真实存在。十六世纪中叶，康拉德·格斯纳[1]在《动物史》中记载了龙，那是一部科学著作。

时间明显削弱了龙的魔性。我们相信狮子既是真实的存在也是象征；我们相信牛头人身怪弥诺陶洛斯[2]只是作为象征，而不是真实的存在。龙也许是最著名却也是最缺乏魔性的一种想象的动物。我们觉得它幼稚，连带着往往让有龙出现的故事也变得幼稚。但是我们不要忘记，这只是现代人的

---

1　Conrad Gessner（1516—1565），瑞士医生、博物学家、目录学家、文献学家。
2　参见本书第168页《牛头人身怪弥诺陶洛斯》。

偏见,也许是那些精灵故事中龙出现得太多造成的。然而,在圣约翰的《启示录》中,两次提到龙说"大龙就是那古蛇,名叫魔鬼,又叫撒旦"[1]。无独有偶,圣奥古斯丁[2]写过:魔鬼"既像狮子又像龙,像狮子因为力大,像龙因为诡诈"。荣格[3]认为龙是蛇和鸟的结合体,既有陆地上的元素,又有空中的元素。

---

[1] 引自《圣经·新约·启示录》第12章第9节。另一次在第20章第2节:"……那龙,就是古蛇,又叫魔鬼,也叫撒旦……"
[2] Aurelius Augustinus (354—430),世称圣奥古斯丁(Saint Augustine),又称希波的奥古斯丁(Augustine of Hippo),古罗马神学家、哲学家,天主教圣师,出生于罗马帝国北非行省,曾任阿尔及利亚希波城(今安纳巴)的主教。
[3] Carl Gustav Jung (1875—1961),瑞士精神病学家、心理学家,分析心理学的创始人,其研究在精神病学、心理学、人类学、考古学、文学、哲学和宗教等多个领域深具影响。

## 预言佛诞的吉象

公元前五百年,尼泊尔的摩耶王后梦见一头白象从金山上下来,走进她腹中。这头梦中的动物长有六根象牙,对应着印度斯坦的六个空间方位:上、下、前、后、左、右。国王的占星师们预言,摩耶将生下一个孩子,这孩子将成为世界的君主或人类的救世主。正如大家知道的,他成了后者。

在印度,大象是家养的动物。白色表示谦恭,六是神圣的数字。

# 小精灵艾尔夫

小精灵艾尔夫源自日耳曼民族。关于它们的外形我们知之甚少,只知道它们阴险、矮小。它们会偷东西和拐小孩,还以制造小的恶作剧为乐。在英国,人们把乱发结称为艾尔夫结,认为它是艾尔夫所为。盎格鲁-撒克逊的一种驱魔法就是为了对付艾尔夫从远处投掷小铁箭的邪恶伎俩,这种箭不留痕迹刺进皮肤,会引起神经痛。在德语中,噩梦叫 Alp("阿尔普"),词源学家们认为这个词是从 elf("艾尔夫")派生出来的,因为在中世纪一般人都相信,艾尔夫会压迫熟睡的人的胸口,导致他们做可怕的梦。

# 埃洛伊人和莫洛克人

年轻的威尔斯[1]在一八九五年出版的小说《时间机器》的主人公，通过一台机械装置，实现了到遥远的未来去旅行。他发现人类已经分为两个物种：一种是埃洛伊人，都是娇弱的手无寸铁的贵族，悠闲地居住在花园里，以水果为食；另一种是莫洛克人，是无产阶级地下种族，因为长期在黑暗中干活，眼睛都瞎了，但是纯粹出于惯性，他们继续操作着生锈的、复杂的机器，并不生产任何东西。带有旋梯的深井连通着两个世界。在天高月黑的夜晚，莫洛克人会从幽闭的地下钻出来，吞食埃洛伊人。

主人公最后成功逃回现在。他带回的唯一战利品，就是一株不知名的、枯萎的花，它碎成了灰末，要到几千个世纪以后才会开放。

---

1 Herbert George Wells (1866—1946),英国小说家、社会思想家,尤以科幻小说创作闻名于世。

# 海妖斯库拉

在变成怪物和旋涡之前，斯库拉是位仙女宁芙[1]，海神格劳库斯爱上了她。格劳库斯向女巫喀耳刻求助，喀耳刻懂得用药草和巫术是出了名的。喀耳刻一见格劳库斯就被迷住了，但是因为格劳库斯忘不了斯库拉，喀耳刻就在斯库拉经常洗澡的山泉中下了毒。斯库拉一接触到泉水，下半身就变成了狂吠的狗。她长出了十二只脚和六个头，每个头上都有三排牙齿。这样的变形把她吓坏了，于是她纵身跳进意大利和西西里岛之间的海峡。诸神把她变成了岩石。在风暴天气，航海者还能听到海浪冲击岩石的咆哮声。

这个神话传说在荷马奥维德和帕萨尼亚斯[2]的作品中都能读到。

---

1 参见本书第 183 页《宁芙》。
2 Pausanias（约 110—约 180），希腊旅行家、地理学家，著有十卷本《希腊道里志》。

# 斯 芬 克 斯

埃及古迹中的斯芬克斯（希罗多德称之为"男性斯芬克斯"，以区别于希腊的斯芬克斯），是一头伏地的狮子，长着人头，据猜测，它代表国王的权威，守护王室的陵寝和庙宇。还有建在卡纳克神庙大道上的斯芬克斯，配的是公羊头，那是主神阿蒙的神兽。在亚述帝国的古迹中，有长胡须、戴王冠的斯芬克斯，这种形象在波斯的珍宝中是常见的。老普林尼在他列出的埃塞俄比亚动物名录中，收进了斯芬克斯，但只讲了它的特征是"皮毛呈红褐色，有一对匀称的乳房"。

希腊的斯芬克斯有女人的头和胸脯、鸟的翅膀以及狮子的身体和腿。也有人说它有狗的身体和蛇的尾巴。说它施虐于底比斯国，用谜语向路人发问（因为它会说人话），如果对方回答不出，它就把他们吃掉。它问王后约卡斯塔的儿子俄狄浦斯：

"什么东西有四条腿、两条腿或者三条腿，腿越多力气越小？"[1]

俄狄浦斯回答说是人，人小时候用四条腿爬，长大后用两条腿走路，到了晚年拄着一根拐杖走路。斯芬克斯，因为谜语被解，从山顶跳下去摔死了。

德·昆西，大约在一八四九年，曾提出第二种解释，可以作为传统解释的补充。谜底所指的人，在德·昆西看来，与其说是泛指人类，不如说是专指俄狄浦斯本人。在他的早晨他是无依无靠的孤儿，成年后独自一人，最后他依靠着长女安提戈涅，度过了绝望的、双目失明的晚年。

---

[1] 这好像是最早的版本，随着时间的推移，逐渐形成了把人的一生比作一天的隐喻。
现在的问题是这样的：什么动物早晨用四条腿走路，中午用两条腿走路，晚上用三条腿走路？——原注

# 法斯提托卡伦

中世纪认为圣灵写了两本书。第一本是大家都知道的《圣经》；第二本是宇宙，其中的生灵包含不道德的教行。为了说明后者，人们编写了博物志、动物寓言集。从盎格鲁-撒克逊的一本动物寓言集中，我们摘录了下面的文字：

"我再来讲那头强大的鲸鱼的故事。它对所有的航海者来说都是危险的，这个在洋流里游泳的怪物，他们给它取名叫法斯提托卡伦。它的身体就像一块粗糙的岩石，上面好像裹着一层沙子，水手们看到它还以为是个岛。他们把船首高昂的海船拴在这块虚假的陆地上就上了岸，一点都不担心会有危险。他们搭帐篷、生火，累了就睡着了。这时这个奸诈的家伙会突然潜入水中，沉到海底，让船和水手们淹没在死亡谷里。它嘴里经常散发甜甜的香味，吸引海里的其他鱼类。它们游进怪物嘴里，怪物就闭上嘴，把它们吞食掉。就这样，怪物把我们拖向地狱。"

同样的寓言，在《一千零一夜》、圣布伦丹[1]的传奇故事和弥尔顿的《失乐园》中都出现过，根据《失乐园》中的描述，那头鲸鱼是睡在挪威海的泡沫上的。

---

1 St. Brendan（约484—约578），爱尔兰修士、修道院建立者，航海家、探险家，公元八世纪中至十世纪初流传下来的拉丁文本《修道院长圣布伦丹航海记》记录了他和其他僧侣横渡大西洋之旅。

# 中国动物志

强良[1]，虎头人面，有四蹄，四肢长，齿间衔一条蛇。

赤水以西地区有一种野兽叫跊踢，长着两个头，左右一边一个。

讙头国[2]之国民，人首、蝙蝠翅膀和鸟喙，只食生鱼。

枭[3]，形似猫头鹰，但长有人面、猴身和狗尾。它的出现预示天下大旱。

狌狌[4]，形似猴子，面白，耳尖，直立行走如人，善爬树。

刑天[5]，一种无头生物，因曾与天帝争斗被割去头颅，从此一直没有头。它以胸脯作眼睛，肚脐为嘴巴。它在旷野里蹦跳，手舞盾牌和斧头。

鳛[6]鱼，或称飞蛇鱼，形状如鱼，但生有鸟翅。现身即有旱灾。

山狪[7]，形状如犬而有人面，善跳跃，行动如箭，因此人们认为它的出现预示有飓风。见人则讪笑。

长臂国之国民，手长及地，以在海边抓鱼维生。

海洋人[8]，人首人臂，鱼身鱼尾，出现在风急浪高的水面。

鸣蛇，其首如蛇而有四翼，其声如磬。

---

1 见《山海经·大荒北经》："又有神，衔蛇操蛇，其状虎首人身，四蹄长肘，名曰强良。"同音又作"疆良"或"强梁"。
2 灌（huān）头国，见《山海经·海外南经》："灌头国在其南，其为人人面有翼，鸟喙，方捕鱼。"
3 此处是按音译，应指颙（yóng），见《山海经·南山经》："有鸟焉，其状如枭，人面四目而有耳，其名曰颙，其鸣自号也，见则天下大旱。"
4 现多指猩猩，见《山海经·南山经》："有兽焉，其状如禺而白耳，伏行人走，其名狌狌，食之善走。"
5 见《山海经·海外西经》："刑天与帝至此争神，帝断其首，葬之常羊之山。乃以乳为目，以脐为口，操干戚以舞。"同音又作"形天"。
6 见《山海经·东山经》："其中多鳛鱼，其状如鱼而鸟翼，出入有光，其音如鸳鸯，见则天下大旱。"外形、声音与鳛鱼相似而出现之地有水灾的是蠃（luǒ）鱼，见《山海经·西山经》："……蠃鱼，鱼身而鸟翼，音如鸳鸯，见则其邑大水。"
7 山狪（huī），见《山海经·北山经》："有兽焉，其状如犬而人面，善投，见人则笑，其名山狪，其行如风，见则天下大风。"
8 似指陵鱼，见《山海经·海内北经》："陵鱼人面、手、足，鱼身，在海中。"类似还有氐人、海人鱼、鲛人，描述不尽相同。

并封[1],居神水之乡,状如黑猪,前后各有一头。

天马,形如黑首白犬,有肉翅,能飞翔。

奇肱国,其人均一臂三目,技艺过人,制风车,乘风而行。

帝江,一种神鸟,居天山,毛色鲜红,六足四翅,但无面目。

《太平广记》[2]

---

[1] 见《山海经·海外西经》:"并封在巫咸东,其状如彘,前后皆有首,黑。"又有"屏蓬",但所记载头的位置为左右,见《山海经·大荒西经》:"有兽,左右有首,名曰屏蓬。"
[2] 作者所注出处有误,本篇相关记述大都出自《山海经》。

# 美国动物志

在威斯康星州和明尼苏达州的伐木营地里，流传着一些逗笑的神话故事，里面有奇奇怪怪的造物，当然谁也不会去相信。

隐身怪总是躲在什么东西的后面。一个人不管转身多少次，这怪物总是在人身后，这就是为什么没有人看见过它，尽管它已经杀掉、吃掉了许多伐木工人。

绳蜥是跟矮脚马一样大小的怪兽，它的嘴巴像根绳索，跑得再快的兔子也会被它用嘴巴做的绳套逮住。

茶壶精，它的名字来自它发出的声音，就像茶壶里面的水沸腾时发出的咕噜声，嘴里还冒雾气，会倒退着走路。难得有人见过几次。

斧柄犬的头像斧头，身体像斧柄，四条腿又粗又短，专吃斧柄。

这个地区的鱼类中，有一种叫高地鳟鱼，在树上筑巢，善飞，却怕水。

另外还有叫古鲂的鱼，它倒退着游动，以避免水进入眼睛，"它的样子跟翻车鱼[1]一模一样，但是身量要大得多"。

我们别忘记古芙斯鸟，它筑的巢是颠倒的，它倒退着飞行，因为它不在意飞到哪里，只在意自己在哪里。

吉利加卢鸟，把巢筑在著名的四十金字塔[2]陡峭的斜坡上。它生下方形的蛋，以防止蛋滚落而找不到。伐木工人们常常把鸟蛋煮熟了当骰子玩。

尖冠松鸡只有一只翅膀，这让它只能朝一个方向飞，绕着一个圆锥形的山岗没完没了地转圈子。它羽毛的颜色会随着季节的不同和观察者状况的不同而变化。

---

1 一种成年后体型庞大的鱼类，又名海洋太阳鱼、翻车鲀、头鱼、曼波鱼、月亮鱼等。
2 美国民间关于伐木巨人保罗·班扬（Paul Bunyan）的传说中占地四十英亩、形如金字塔的山林。

# 中 国 凤 凰

中国人的典书往往令人失望,因为里面缺少《圣经》让我们习惯的那种煽情的东西。但是在它理性的阐述过程中,又会突然冒出一段内心的坦露,让我们感动。比如这一段,记录在《论语》第七篇:

"大师说:我堕落到什么程度了!我很久没有在梦中见到周公了。"[1]

还有在第九篇的这一段:

"大师说:凤凰也不来,河里也不出现图了,我完了。"[2]

所谓"图"(据评注者说)是指一只神龟背上的图案。至于凤凰(凤鸟),是一种羽毛颜色鲜艳的鸟,像雉鸡也像孔雀。在史前时代,它经常造访贤明帝王的花园和宫殿,作为天恩浩荡的明证。雄凤凰有三只脚,住在太阳里。

公元一世纪,无畏的无神论者王充否认凤凰是一个固定物种。他宣称,就像蛇变鱼、鼠变龟,在繁荣昌盛的年代,鹿常常会变成麒麟,而鹅则变成凤凰。他把这些变化的产生归结为"圣水"的作用。据说,公元前两千三百五十六年,在尧(古代模范帝王之一)的院子里,圣水让院子里长出了鲜红色的草。可以想见,他的信息来源并不可靠,或者说是言过其实的。

在地狱世界有一座想象的建筑叫"凤凰塔"。

---

1　见《论语·述而篇》第五章:"子曰:'甚矣吾衰也!久矣吾不复梦见周公。'"
2　见《论语·子罕篇》第九章:"子曰:'凤鸟不至,河不出图,吾已矣夫。'"

# 神 鸡

按中国人的说法，神鸡是一种有金色羽毛的禽类，每天打鸣三次。第一次是当太阳在大洋的边缘晨浴的时候；第二次是日当正午的时候；第三次是日落西山的时候。第一次啼叫声震天空，唤醒人类。神鸡是"阳"的祖先，是天地间阳性的起始。它有三条腿，栖居在扶桑树上，树高万千丈，生长在日出的地方。神鸡的啼叫声非常响亮，它的模样威风凛凛。此鸡下蛋孵出的小鸡都有红色鸡冠，每天早晨都会回应其啼叫。地球上所有的公鸡都是神鸡的后代，而神鸡也叫晨鸡。

# 迦 楼 罗[*]

毗湿奴，主持婆罗门教万神殿的三相神的第二位神，常常骑在满海巨蛇或迦楼罗背上。毗湿奴的形象是蓝色的，有四条手臂，分别执杵、法螺、神轮和莲花；迦楼罗，则有鹰的翅膀、脸和爪子，有人的躯体和腿，脸是白色的，翅膀是鲜红色的，身体是金色的。迦楼罗的形象，以青铜或石头铸造、雕塑，通常装饰在神庙的石柱上。在瓜廖尔有一根这样的石柱，是一个希腊人赫利奥多罗斯——毗湿奴的崇拜者——于公元前一个多世纪竖立的。

在《迦楼罗往世书》（第十七部《往世书》或传说）中，这只博学的鸟向人类宣告宇宙的起源、毗湿奴的太阳神属性、崇拜毗湿奴的仪式、月亮和太阳后裔家族的尊贵族谱、《罗摩衍那》的情节，还有各种关于诗歌韵律、语法和医学方面的新知。

在《龙喜记》中，一位国王[1]在公元七世纪的这部剧本中写道，迦楼罗每天要杀死并吃掉一条蛇[2]，直到有一天一位信佛的王子教它戒律之德。在最后一幕中，忏悔的迦楼罗让那些被它吃掉的蛇的骨骸恢复了生命。据埃格林[3]推测，这部作品是婆罗门教对佛教的讽刺。

宁巴尔迦[4]，生卒日期不明的一位神秘主义者，他曾经写道，迦楼罗是永得救赎的灵魂，神的头冠、耳环和笛子也都是灵魂。

---

\* Garuda，译法多种，有迦楼罗、揭路荼、金翅鸟、大鹏金翅鸟、妙翅鸟、噜拏、檗噜拏等。
1 指戒日王（约590—647），"持戒的太阳神"，本名曷利沙伐弹那（Harshavardhana），意为喜增，印度戒日王朝的建立者，606—647年在位，也是印度宗教和文化的推动者，剧作家、诗人。
2 据印度教典，迦楼罗是以那伽蛇族为食，汉译佛经则通译为龙。
3 Hans Julius Eggeling（1842—1918），德裔英国梵语学者，曾任爱丁堡大学梵语教授，英国皇家亚洲学会秘书，《不列颠百科全书》梵语相关词条的主要编纂者。
4 Nimbarka，生卒年有约607—约700年或约1130—约1200年等不同说法，印度神学家、哲学家，开创印度教毗湿奴派宁巴尔迦支派。

# 柴郡猫和基尔肯尼猫

在英语中有句俗语 grin like a cheshire cat，意为"像柴郡猫似的讪笑"。这有好多种解释。一种解释是，在柴郡出售一种奶酪，样子像笑脸猫。另一种解释是，柴郡是赐封的伯爵领地，这么显赫的身价让猫都笑得合不拢嘴。还有一种解释，在理查三世时代，有一个护林人叫卡特林（Caterling），当他跟偷猎者交手的时候就会发出狞笑。

在一八六五年出版的梦境小说《爱丽丝漫游奇境记》中，刘易斯·卡罗尔赋予柴郡猫一种才能，它会逐渐隐去，最后只剩下一抹微笑，看不见牙齿，也看不见嘴巴。至于基尔肯尼猫，据说它们会激烈地搏斗，互相撕咬吞食，直到只剩下猫尾巴。这是可以追溯到十八世纪的故事。

# 地 精 诺 姆

地精比它的名字（gnomo）更古老，名字是希腊语，但是古典作品都没有提到过这个词，因为它到十六世纪才出现。词源学家们认为是瑞士的炼金术士帕拉塞尔苏斯[1]在他的书中第一次使用这个词。

地精是大地和山岳的精灵。在民间想象中，它们是大胡子的小矮人，模样粗鲁古怪，身穿紧身的褐色衣服，戴修士的风帽。跟希腊和东方迷信中的狮鹫格里芬[2]、日耳曼传说中的龙一样，其使命是看管埋藏的宝贝。

gnosis在希腊语中是"知识"的意思；有人推测，帕拉塞尔苏斯创造"gnomo"这个词，是因为地精们知道埋藏金属矿物的确切地点，并且把这些告知人类。

1 Paracelsus（1493—1541），瑞士医生、炼金术士。
2 参见本书第127页《狮鹫格里芬》。

# 泥 人 戈 仑

在一本由神灵的智慧著述的书籍中，所有的东西都不能认为是偶然的，包括字数或者符号的次序；犹太教神秘哲学的信徒就是这样认为的，他们潜心于计算、组合和变换《圣经》的文字，急切渴望参透上帝的奥秘。但丁在十三世纪宣称，《圣经》的每一个段落都有四重意义，即字面意义、比喻意义、道德意义和神秘意义。司各特·爱留根纳[1]更加笃信神明，他早就指出《圣经》的意义是无穷的，就像孔雀尾羽上的色彩一样。神秘哲学的信徒们也许同意这一看法，他们想在《圣经》的文字中探寻的秘密之一，就是有机体的创造问题。据说魔鬼能够创造大型的、强壮的造物，比如骆驼，但是创造不了细巧的、娇弱的造物，拉比以利以谢否认它们有创造小于一颗麦粒的东西的能力。戈仑（Golem）是用来称呼由字母组合起来的人，这个词的字面意义就是"一种无定形或无生命的物质"。

在《塔木德》（《犹太公会篇》，65b）中写着：

"如果义人想创造一个世界，他们可以做到。把上帝无法言说的名字的字母排列组合，拉瓦造出了一个人，他派那人去见拉比泽拉。泽拉跟那人说话，他没有回答，泽拉就跟他说：

"'你是用魔法造出来的，还是回归尘土吧。'

"两位大师每星期五总是在一起探讨创造的法则，他们创造了一头三岁的牛犊，然后在晚饭时享用。"[2]

戈仑在西方出名，是奥地利作家古斯塔夫·梅林克[3]的功劳，在他的梦幻小说《泥人戈仑》（一九一五年）第五章中是

---

1　John Scotus Eriugena（约800—约877），爱尔兰哲学家、神学家、诗人。
2　同样，叔本华也写过："在《魔法文库》第一卷第325页，霍斯特是这样概括英国的通神者简·利德的教义的：拥有魔法力量的人，可以随心所欲地控制和变更矿物世界、植物世界和动物世界，所以说，只要几个魔法师达成共识，完全可以让天地万物回归到乐园的状态。"（《论自然中的意志》，Ⅶ）——原注
3　Gustav Meyrink（1868—1932），本名古斯塔夫·梅耶（Gustav Meyer），奥地利小说家、剧作家、翻译家和银行家。他最著名的小说是《泥人戈仑》，又译《假人》或《魔像》。

这样写的:

"故事的起源可以追溯到十七世纪。有位拉比[1]，依据犹太教神秘哲学失传的秘方，做出了一个假人——戈仑，让它在犹太教堂里负责打钟和干一些重活。但是，它不是像其他人一样的人，它只具有聋哑人、植物人那样的活力。活力维持到晚上，来自一块魔法铭牌的作用，铭牌是安放在牙齿后面的，它可以吸收宇宙中飘移的恒星力。一天下午，在晚祷之前，拉比忘了将戈仑嘴里的铭牌取出，结果它突然发狂，奔到黑暗的街上，见人在前就把他们撕碎。拉比最后拦住了它，把提供它活力的铭牌打碎了。那怪物轰然倒地，只留下一具晃晃悠悠的泥像，今天在布拉格的犹太教堂里还能见到它。"

沃尔姆斯的以利亚撒[2]保存了制造戈仑所需要的秘方。制作的细节占对开版面的二十三纵行，要求了解"二百二十一

---

[1] 指犹大·勒夫·本·比撒列（Judah Loew ben Bezalel，约1512至1526—1609），犹太学者、哲学家、数学家、天文学家、神秘主义者，曾在今捷克的米库洛夫和布拉格担任拉比。——原注

[2] Eleazar of Worms（约1176—1238），别名"调香师以利亚撒"，神圣罗马帝国的犹太神秘主义者，著有多部伦理学和神学著作，逝世于沃尔姆斯（今德国城市）。

个门道的字母标号",在制造戈仑的每一个器官时都需要重复。在戈仑的额头上要文"emet"字样,意思是"真理"。要毁灭戈仑,只要把首字母擦掉,因为那样就剩下"met",意思是"死亡"。[1]

---

[1] 更准确来讲,是将希伯来语 אמת（emet,意为真相、真理）,去掉字母 א,变成 מת（met,意为死亡）。

# 狮鹫格里芬

希罗多德在谈到狮鹫格里芬与独眼族阿里马斯普人持续的战争时说，格里芬是"长着翅膀的怪物"；表述差不多同样模糊的是老普林尼，他说这些"传说中的鸟"长着长长的耳朵和弯弯的鸟喙（《自然史》，第十卷，第七十章）。最详细的描述，也许来自颇有争议的约翰·曼德维尔爵士，他在著名的《游记》[1]第八十五章里写了如下内容：

"从此地（土耳其）出发，人们要去巴克特里亚，那里的人们凶恶而且狡猾，在那里有长毛的树，就像羊那样，人们用毛来织布。在那里有时而待在陆地上、时而待在水里的河马，它们半是人半是马，遇到人的时候，它们就以人为食。在那里有很多格里芬，比其他地方都多。有人说它身体前半部分是鹰、后半部分是狮子,这是真的,因为就是这样构成的;但是格里芬的身体比八头狮子还要庞大,比一百只鹰还要强壮。因为它必须能抓起一匹马和骑手或者套在一起耕地的两头牛飞回巢,它脚上有着硕大的利爪,大小像牛角,人们用这些爪子制作喝酒用的杯子,用它的肋骨做射箭用的弓。"

另一位有名的旅行家马可·波罗,他在马达加斯加听说起大鹏,一开始他还以为指的是狮鹫格里芬(《马可·波罗游记》,第三卷,第三十六章)。

中世纪的时候,格里芬的象征意义是矛盾的。一本意大利的动物寓言集上说它意指魔鬼;通常又认为它是基督的象征;圣依西多禄[2]在《词源》中是这样说的:"基督是狮子,因为他统帅一切,有巨大的力量;他是鹰,因为他复活以后就

---

1 即《约翰·曼德维尔爵士游记》(*The Travels of Sir John Mandeville*),通称《曼德维尔游记》,是英国人约翰·曼德维尔爵士于1322年渡海出发,途经土耳其、鞑靼、波斯、叙利亚、阿拉伯半岛、埃及等地到达印度和中国并于1357年返回英国的旅行回忆录,据考证该书写于1357年至1371年间,约翰·曼德维尔爵士为虚构的作者。
2 San Isidoro de Sevilla (560—636),西班牙高级教士、学者、基督教神学家,曾长期担任塞维利亚大主教。

升天了。"

在《神曲·炼狱篇》第二十九歌里,但丁梦见格里芬拉着一辆凯旋战车;鹰头部分是金色的,狮身部分是白色和红色的混合,据注释者们说,那代表基督具有人的本性[1](白色和红色混合,即成肉色)。

有人认为,但丁是想以此来象征教皇,因为后者既是祭司又是王者。迪德隆[2]在他的《基督教图像志》一书中写道:"教皇,作为教廷首脑或鹰,他飞升到上帝御座前聆听指令,而作为狮子或王,他在尘世巡视,充满气势和力量。"

---

1 此段让人联想到《雅歌》(第5章第10—11节)中对于新郎的描述:"我的良人白而且红……他的头像至精的金子"。——原注
2 Adolphe Napoléon Didron(1806—1867),法国艺术史学家、考古学家。

# 仙　女

这个名字与拉丁语单词 fatum（天命、命运）有关。她们以魔法干预人世间的事务。传说仙女是数量最多、最美丽、最让人难忘的小神祇。她们的存在不局限于一个地区或一个时期。古代的希腊人、爱斯基摩人和印第安人都有讲述英雄赢得这些神奇尤物的爱情的故事。这种艳遇是危险的；仙女一旦情欲得到满足，就会杀死她们的情人。

在爱尔兰和苏格兰，都说仙女们是住在地下的，她们经常把诱拐来的小孩和男人关在她们的住所。人们相信她们拥有一种新石器时代弓箭的箭头，可以在田野里挖到，那东西的神奇药效可以包治百病。

仙女们喜欢绿色，喜欢唱歌和音乐。十七世纪末叶，苏格兰牧师、来自阿伯福伊尔的可敬的柯克[1]编写了一本专著，题目叫《精灵、仙女和农牧神的秘密共和国》。一八一五年，沃尔特·司各特爵士将他的手稿出版。关于那位柯克先生，据说他被仙女们抓去了，因为他泄露了她们的秘密。在意大利的海域，仙女摩根常常制造海市蜃楼迷惑水手使他们失去方向。

---

[1] Robert Kirk（1644—1692），苏格兰牧师、民俗学家。

## 亚纳尔、卡夫其尔、亚兹拉尔、亚尼尔

在巴比伦，先知以西结在异象中看到了四个动物或是四个天使，"各有四个脸面，四个翅膀"，"至于脸的形象：前面各有人的脸，右面各有狮子的脸，左面各有牛的脸，后面各有鹰的脸"。它们跟着灵魂指引往前走，"各直往前行"，或者说朝着四张脸的正前方，也许会朝着四个方向神奇地伸展。"高而可畏"的四个轮子跟随着这些天使，轮子周围布满了眼睛。[1]

以西结的回忆启发了圣约翰在《启示录》里对四个动物的书写，在第四章里可以读到：[2]

宝座前好像一个玻璃海，如同水晶。宝座中和宝座

周围有四个活物,前后遍体都满了眼睛。

第一个活物像狮子,第二个像牛犊,第三个脸面像人,第四个像飞鹰。

四活物各有六个翅膀,遍体内外都满了眼睛。它们昼夜不住地说:"圣哉!圣哉!圣哉!主　神是昔在、今在、以后永在的全能者。"

《佐哈尔》(《光辉之书》)[3]中还补充说,这四头神兽的名字叫亚纳尔、卡夫其尔、亚兹拉尔、亚尼尔,分别面朝东方、北方、南方和西方。

斯蒂文森说过,既然天堂里有这样的东西,那地狱里什么东西不会有啊!从前面《启示录》那几段话,切斯特顿引申出他那句著名的比喻:黑夜是"全身长满眼睛的怪物"。

在《以西结书》中,这些四面天使被称作"哈约斯"(活

---

1 本段中四处引文分别出自《圣经·旧约·以西结书》第1章第6节、第10节、第12节和第18节。
2 引自《圣经·新约·启示录》第4章第6—8节。
3 犹太教神秘主义的基础文献,主要包括对《摩西五经》即《圣经·旧约·律法书》的解释等,又译《光明篇》。

物);根据《创世之书》[1],十个数字和二十二个字母,创造了世间万物;根据《佐哈尔》,神兽是从上界下凡的,头上戴着字母桂冠。

"哈约斯"有四张脸,从中衍化出福音传道者的象征形象:马太的形象是天使,有时有一张人脸留着络腮胡子;马可的形象是狮子;路加是公牛;约翰是鹰。圣哲罗姆[2]在注释《以西结书》时,试图给这些象征找到一些缘由。他说,把天使(人类)的形象给马太,是因为要突出救世主的人性;把狮子的形象给马可,是因为要宣示基督的王者威严;把作为牺牲者的公牛形象给路加,是因为要显示基督的祭司职分;把鹰的形象给约翰,是因为主遨游天界。

一位德国的研究者理查德·亨尼格博士,在黄道十二宫互相间隔九十度的四个星座上,找到了这些象征遥远的起源。找到狮子座和金牛座毫不费力;与天使相对应的是水瓶座,

---

[1] 犹太教神秘主义历史最久远的文献之一,是涉及数学和语言学的世界起源论述。
[2] Saint Jerome(约347—420),古罗马学者、神学家,被尊为教会圣师,以对《圣经》的翻译和注释而闻名,译有《圣经》拉丁文通行译本《武加大译本》。

因其形似一张人脸；约翰的鹰对应天蝎座，但因被认为不祥而遭否定。尼古拉斯·德沃尔[1]在他的《星相学词典》中也提到这种假设，并且说，这四个形象都集中在斯芬克斯身上，使它能够有人头、牛身、狮子的爪子和尾巴以及鹰的翅膀。

---

[1] Nicholas de Vore (1882—1960)，美国占星学家，曾任纽约占星研究协会的主席。

## 雷神豪卡

在北美苏族印第安人中，传说豪卡用风作鼓槌来敲响雷鼓。它长有犄角，表明它也是狩猎之神。它高兴的时候会哭，难过的时候会笑。它把冷当作热，把热当作冷。

# 勒拿湖九头蛇海德拉

堤丰（大地之神盖亚和塔耳塔洛斯生的畸形儿）和厄喀德那（上半身是美女，下半身是蛇）孕育了勒拿湖九头蛇海德拉。历史学家西西里的狄奥多罗斯说它有一百个头，神话学家阿波罗多洛斯在《书库》中说它有九个头。朗普里埃[1]跟我们说，后面那个数字更为经典；可怕的是，那九个头割掉一个，在原来的地方就会长出两个。据说九个都是人头，中间的那个头是永生不死的。海德拉吐口气就能毒化水源、吹干田地。甚至当它睡着时，它的周围都有毒气，人一旦触及就要丧命。海德拉是朱诺抚养长大，让它跟大力神赫拉克勒斯一比高下的。

这条蛇好像命中注定永生不死。它的巢穴就隐藏在勒拿湖的沼泽中，赫拉克勒斯和伊奥劳斯去找过它，前者砍掉了它的头，后者用火把烧焦了流血的伤口。最后的一个头是不死的，赫拉克勒斯把它埋在一块巨石的下面，直到现在，它可能还在掩埋的地方怨恨着，做着梦。

在跟其他野兽的搏斗中，赫拉克勒斯的箭头上因为涂上了海德拉的胆汁，给中箭者造成致命伤。

有一只螃蟹是海德拉的朋友，它在搏斗时咬伤了赫拉克勒斯的脚跟，被他用脚踩死了。朱诺把螃蟹召到天上，成了现在的一个星座，就是巨蟹座。

---

1 John Lemprière（约 1765—1824），英国古典学家、神学家，编纂有《古典词典》。

## 海怪利维坦之子

"那个年代,在阿尔勒和阿维尼翁之间的罗讷河河段上有座森林,那里有一条龙,半兽半鱼,比牛大、比马长。它牙齿尖尖的像利剑,头两侧长角。它躲在水下,伺机杀死外来的水手,把船只掀翻沉没水底。它来自加拉西亚海,是由海怪利维坦—— 一条极其凶残的海蛇,跟一头生长在加拉西亚地区的叫奥纳格罗的野驴孕育而生的……"

《金色传奇》,里昂,一五一八年

# 骏　　鹰<sup>*</sup>

维吉尔表达不可能或者不相干的事时，会说"就好比马跟狮鹫格里芬相配"。四个世纪后，注释家塞尔维乌斯说，狮鹫格里芬是一种上半身是鹰、下半身是狮子的动物。为了更有说服力，他还补充说，这种动物跟马是冤家……随着时间的推移，"母马强配格里芬"都成谚语了。到十六世纪初，卢多维科·阿里奥斯托想起了这句谚语，创造出骏鹰。鹰和狮子在古人的狮鹫格里芬身上共处；马和狮鹫格里芬在阿里奥斯托的骏鹰身上融合，这是第二代怪物或者说想象的动物。皮耶特罗·米切利指出骏鹰比带翅膀的马要和谐一些。

关于此怪的确切描述，撰于一本想象动物学词典，在《疯狂的罗兰》中有记载：

"不是伪装的马而是天生如此，因为是一头狮鹫和一匹母马孕育了它。从父亲身上，它继承了羽毛和翅膀、前肢、脸和喙；从母亲身上继承了其他部位。名为骏鹰。它们（尽管真的是非常稀有）来自里菲山，在北冰洋的那边。"

这个怪异的野兽第一次被提到看似偶然：

"在罗多纳附近我看到一位骑士，他骑在一匹巨大的带翅膀的马上。"

还有一些八行诗，描述了会飞的骏马令人惊讶的奇观。下面这首十分有名：

> 她看见了客人和他们全家，
> 看到窗前和大街上的人们，
> 一个个提眉睁眼望着天空，
> 仿佛在看日食或彗星掠过。
> 那女人发现了惊人的奇迹，
> 简直让人们无法轻易相信：

---

\* Hippogriff，又称马鹫，鹰头马身有翼兽。

她看到一匹长翅膀的骏马,

　　骑士骑马挥剑在凌空飞翔。

在《疯狂的罗兰》结尾的一段诗歌中,阿斯托尔福卸下了骏鹰背上的鞍具,放走了它。

# 霍 奇 根

笛卡儿说，猴子本来是会说话的，如果它们想说的话，可是它们决定保持沉默，那是为了避免被人类强迫去劳动。南非的布须曼人认为，曾经有一段时间，所有的动物都会说话。有个叫霍奇根的，他憎恨动物，有一天他失踪了，把动物的说话能力一起带走了。

## 半 人 马 鱼

吕哥弗隆[1]、克劳狄安和拜占庭的语法学家约翰·策策斯[2]都曾经提到过半人马鱼，除此之外没有在古典文献中出现过这种生物。我们可以翻译成"半人马-鱼"，这个词是指神话学家们称为"半人马-特里同"的神话生物。它的形象经常出现在罗马和希腊的雕塑中。它上半身是人，下半身是鱼，有着马或狮子的前肢。它的位置排在海神的护卫队之中，跟马头鱼尾怪在一起。

---

1 Lycophron，约公元前四世纪古希腊悲剧诗人、语法学家。
2 John Tzetzes（约1110—1180），东罗马帝国时期的诗人、语法学家。

# 日本的神明[*]

在塞内加[1]作品的一个篇章中提到，米利都的泰勒斯[2]指出，大地漂浮在水上，就像一条船；水，受到风暴的搅动，引发了地震。另一种地震的机理是公元八世纪日本的历史学家或神话学家提供给我们的。

在一个有名的章节中这样写着：

"大地——长满灯芯草的平原——底下有一位神明（一种超凡之物），样子像一条鲶鱼，它游动起来大地颤抖，直到鹿岛大神把神剑插入地下，刺入它的头部。当这位神明一摆动，大神就压在剑柄上，它也就平静下来。"

（那把剑柄，是石头做的，突出在地面上，离鹿岛神宫只有几步远。在十八世纪，有位封建领主挖了六天六夜也没有挖到那把剑的剑锋。)

民间认为，地震鱼，是一条长七百海里的鳗鱼，日本就在它的背上。它由北向南游动，它的头在京都的下面，尾巴尖在青森县的下面。一些理性主义者大胆提出方向应该是相反的，因为南方地震次数多，更容易联想到尾巴的运动。在某种意义上，这种动物跟阿拉伯传说中的巴哈姆特和冰岛史诗《埃达》中的耶梦加得[3]类似。

在某些地区，这种动物被毫无缘由地替换成了地震甲虫。它有龙的头、十条蜘蛛的腿，浑身覆盖鳞片。它是地下动物，不是水下动物。

---

\* Kami，按日语音译为卡密。
1 Lucius Annaeus Seneca（前4—65），古罗马哲学家、政治家、剧作家和雄辩家。
2 Thales of Miletus（约前623—约前545），古希腊哲学家、数学家、天文学家。
3 北欧神话中的巨大海蛇，邪神洛基与女巨人安格尔伯达所生三名儿女中的次子，哥哥是巨狼芬里尔，妹妹是冥界女王赫尔（又译海拉）。

# 巨人胡姆巴巴 *

巨人胡姆巴巴长什么样子？在那本残缺的古巴比伦史诗《吉尔伽美什》（也许是世界上最古老的史诗）中，它守护着雪松林。格奥尔格·布尔克哈特试图重塑其形象（《吉尔伽美什》德文译本，威斯巴登，一九五二年），这里把他的文字转译过来：

"恩奇都用斧头砍倒了一棵雪松。'是谁钻进了森林，砍倒了一棵雪松？'一个洪亮的声音响起。英雄们看到胡姆巴巴向他们走来。它手为狮掌，浑身覆盖粗糙的青铜鳞片，脚为鹰爪，额头上长着两只野牛角，尾巴和阳具各结出一个蛇头。"

在《吉尔伽美什》的第九部分，蝎人——腰部以上升天，腰部以下入地狱——置身于群山之间，看守着太阳出山的大门。

全诗十二部分，分别与十二星座相对应。

---

\* Humbaba，又译洪巴巴或胡瓦瓦。

# 海怪克拉肯

克拉肯是扎拉坦[1]、海龙或者阿拉伯海蛇的斯堪的纳维亚变种。

一七五二年，丹麦人埃里克·蓬托皮丹，卑尔根主教，出版了《挪威自然史》，一部以其可亲或可信著称的作品；书中写道，克拉肯的背有一海里半长，它的双臂可以合抱最大的船只。它的背露出水面像一个岛屿，埃里克·蓬托皮丹甚至得出一条规律："浮动的岛屿都是克拉肯。"他还写道：克拉肯常常用吐出的液体把海水搅混，这种说法启发了人们猜想克拉肯是巨型章鱼。

在丁尼生[2]青年时代的诗作中，有一首题献给克拉肯，直译出来是这样：

海面上雷声隆隆,

在深渊般的海底,

克拉肯在它古老无梦的眠乡沉睡。

惨淡的光线在它黑色的身影旁晃动;

千年增厚的大片海绵在它的上方膨胀,

在病态微光深处,

无数巨大的章鱼,

从它们美妙的密室和洞穴中探出头来,

挥动着长臂,拍打那无法撼动的绿波。

它已经在那里躺了几个世纪,

还将躺着享用取之不尽的海虫,

直到末日审判的烈焰把深渊烧红。

那时它将唯一一次被人类和天使看见,

呼啸着钻出大海,在海面上死去。

---

1 参见本书第 253 页《扎拉坦》。
2 Alfred Tennyson (1809—1892),英国维多利亚时代的桂冠诗人。

# 巨牛库尤萨[*]

根据一则伊斯兰教神话,库尤萨是一头长着四千只眼睛、四千只耳朵、四千个鼻子、四千张嘴、四千根舌头、四千条腿[1]的巨牛。从它的一只眼睛到另一只眼睛,或者从一只耳朵到另一只耳朵,需要五百年。库尤萨由大鱼巴哈姆特托着,背上有一块红宝石岩,岩石上有一位天使,天使扛着我们的地球。

---

[*] 参见本书第41页《大鱼巴哈姆特》。
[1] 各部位的数量有不同说法,也有说各有四万。

# 三十六义人[*]

地球上有——并且一直有——三十六个正直的人,他们的使命就是在上帝面前公正地评判世事,他们就是三十六义人。他们相互间都不认识,都非常贫穷。如果一个人知道了自己是三十六义人之一,他就会马上死去,会有另外一个人——也许是地球上另外地区的人——来取代他的位置。他们想不到,自己构成了宇宙的秘密支柱。如果没有他们,上帝会把人类消灭。他们是我们的救星,而自己却不知道。

犹太人的这种神秘信仰,被马克斯·布罗德[1]揭示出来。

其遥远的根源,可以在《创世记》第十八章中找到:主说,他将不摧毁所多玛城,如果城里能有十位正义之士。[2]

阿拉伯人也有类似的人物，称为库特卜[3]。

---

\* 原文为 Lamed Vavniks，其中 lamed、vav 分别对应希伯来语中的数字 30 和 6，nik 则指……人，复数形式 niks，更完整的说法是 Lamed Vav Tzaddikim，Tzaddikim 为 Tzaddik（"义人"）的复数形式，也称 Nistarim（"隐者"），概念出自犹太教神秘主义传说。

1 Max Brod（1884—1968），犹太德语作家、评论家，出生于当时属奥匈帝国的今捷克首都布拉格，后定居以色列特拉维夫，他最著名的身份是作家卡夫卡的朋友、文学遗嘱执行人，卡夫卡作品的整理者和出版人。

2 参见《圣经·旧约·创世记》第 18 章第 32 节："亚伯拉罕说：'求主不要动怒，我再说这一次，假若在那里见有十个呢？'他说：'为这十个的缘故，我也不毁灭那城。'"

3 写法有 Qutb、Qutub、Kutb、Kutub 或 Kotb，伊斯兰教神秘主义概念，本义为"轴""支杆""枢纽"，引申为"完美的人""圣人之领袖"，在神与人之间进行调解。

## 美女蛇拉弥亚

据罗马和希腊古典作品的说法，拉弥亚们栖居在非洲。她们的上半身是美女，下半身是蛇。有些人说她们是巫婆，还有人说她们是恶鬼。她们没有说话的能力，吹起口哨来却悦耳动听。在沙漠里她们招徕旅人，然后把他们一个个吃掉。她们遥远的起源来自天神，来自宙斯的众多风流债之一。罗伯特·伯顿在他的作品《忧郁的剖析》（一六二一年）论及爱的激情的部分，讲述了一个拉弥亚的故事，其化身人形，引诱了一位"相貌可人不逊于她的"年轻的哲学家，把他带到她的豪宅，就在哥林多城里。应邀参加婚礼的方士提亚纳的阿波罗尼奥斯[1]直呼出她的名字，拉弥亚和豪宅顷刻间消失了。约翰·济慈（1795—1821）在离世前不久，受到伯顿的故事启发创作了一首诗。

---

1 Apollonius of Tyana,约公元一世纪希腊哲学家、神学家,著名的圣人、预言家。

# 游　　魂[*]

游魂也称为"拉尔瓦"[1]。跟保护家族的家神拉尔[2]不同,游魂是死去的恶人的灵魂,它们在世间游荡,向人散布恐惧。无论恶人还是善人,它们都一样折磨。在信仰基督以前的罗马,有专为游魂设立的节日,在五月份。这节日就叫游魂节。节日是由罗慕路斯[3]设立的,为了安抚被他杀掉的孪生兄弟雷穆斯的灵魂。当时一场瘟疫席卷罗马,罗慕路斯请示神,神谕建议每年举办这样的节日,连续三个晚上。祭拜其他神灵的庙宇都要关闭,并且禁止婚庆喜事。作为习俗要把蚕豆撒在坟头上,或者放在火里烧,让烟雾赶走游魂。用鼓声或咒语也能吓跑它们。感兴趣的读者可以查阅奥维德的《岁时记》。

---

\* Lemures,音译勒穆瑞斯。
1 larva,复数形式 larvae 或 larvas,源自拉丁语,本义指面具,在罗马传说中引申为恶鬼、凶灵。
2 lar,复数形式 lares,与 larva 同源。
3 Romulus(约前771—约前716),传说中罗马城的创建者,罗马王政时代的第一位国王,前753—前716年在位。在罗马神话中,他和孪生兄弟雷穆斯(Remus)是阿尔巴隆加国王努米托尔的女儿雷亚·西尔维亚与战神马尔斯之子。

# 月　兔

在月亮的斑影里,英国人认为能辨出一个人的身影,在《仲夏夜之梦》中就有两三次提到"月亮里的人"。莎士比亚说他手拿着荆棘束或荆棘圈,而在《神曲·地狱篇》第二十歌的最后几句,讲到该隐和荆棘。托马索·卡西尼[1]的评注就此联想到托斯卡纳地区的传说,说主把月亮给该隐做囚禁地,还罚他扛一束荆棘,直到地老天荒。还有人在月亮上看到了神圣家庭,所以,卢贡内斯[2]会在他的《伤感的月历》中写道:

于是,都聚在一起:圣母和圣婴,
旁边有圣约瑟(那些走运的人

能看得见他手里握着的牧杖），

驯顺的小白驴在月亮的田野里飞奔。

然而中国人讲的是月兔。菩萨在前世有一次挨饿，为了让他果腹，一只兔子自己扑到火里。菩萨为了回报它，把它的灵魂送到月亮上。在月亮上的一棵金合欢树下，兔子在一只魔臼里捣药，制作长生不老的灵药。按某些地区的通俗说法，这只兔子也称为"药仙""吉兔"或"玉兔"。

传说兔子活千岁，老了毛都变灰，变成灰兔。

---

1 Tommaso Casini（1859—1917），意大利作家、历史学家、文学评论家，但丁研究者。
2 Leopoldo Lugones（1874—1938），阿根廷诗人、小说家、剧作家、翻译家，历史和文化学者，西班牙语现代文学的代表人物。

# 莉 莉 丝

"在夏娃到来之前还有莉莉丝。"某个希伯来文本中这么写着。莉莉丝的传说让英国诗人但丁·加布里埃尔·罗塞蒂（1828—1882）获得灵感创作了《伊甸园的闺房》。莉莉丝原来是一条蛇，是亚当的第一任妻子，给他生了闪亮的儿子和发光的女儿。上帝造夏娃是后来的事，莉莉丝为了报复亚当的人类妻子，诱她尝了禁果怀上了该隐，也就是亚伯的兄长和杀害亚伯的人。这就是罗塞蒂借用的神话的原型。在中世纪阶段，受一个词"layil"（源自希伯来语，意为"夜晚"）的影响，神话有所改变。莉莉丝不再是一条蛇，而是一个夜晚的幽灵，时而是司掌人类生育的天使，时而是袭击独自睡觉或行路的人的魔鬼。在民间的想象中，莉莉丝常常是一个披着黑色头发、不声不响的高个子女人。

# 龟 之 母

公元前二十二世纪，贤明帝王大禹走遍天下，用脚步丈量了九岳、九川、九泽，把大地划分为九州，以适应良俗和农耕。他就这样治住了肆虐泛滥于天地间的洪水。历史学家指出，他对人类世界的划分，是由一只从一条河里钻出来的堪称天使般的神龟获得启示的。有人说，这只爬行动物，天下龟之母，是由水和火构成的；也有人认为它是由一种极不寻常的物质构成的：那就是形成人马座的星光。在它的背上有一篇天地之道，称为《洪范》（"总规则"），或者说根据洪范九畴绘制的图案，由黑白两色圆点构成。

中国人认为，天是半圆的，地是四方的，所以他们在龟背上发现的是天地的形象或模式。此外，龟还与天地比寿，自然被归入灵兽之列（另外还有麒麟、龙、凤和虎），占卜师们在其甲壳上辨识吉凶。

"神龟"就是向大禹泄露《洪范》的那只龟的名字。

# 曼 德 拉 草

同植物羊博拉梅兹一样，这种称为曼德拉草的植物跟动物界相交，因为当有人把它拔起来的时候，它会尖叫，叫声会让听到的人发疯（《罗密欧与朱丽叶》，第四幕，第三场）。毕达哥拉斯称它为"类人花"；罗马农学家卢修斯·科鲁迈拉[1]说它是"半人植物"；阿尔伯图斯·马格努斯[2]甚至写道，曼德拉草具有人形，有男女之分。此前老普林尼就曾说过，白色曼德拉草是雄性，黑色的是雌性。他还说收割此草者，要用剑在草的周围划三道圈，而且要面朝西方；草的叶子气味非常浓烈，常常熏得人说不出话来。拔曼德拉草要冒发生可怕灾难的风险，弗拉维奥·约瑟夫斯[3]的《犹太战记》最后一卷劝我们用经过训练的狗去干这事。植物拔起，狗即死亡，但是曼德拉草的叶子可以用于麻醉、通便和实施巫术。

曼德拉草具有人形的说法，引出了一种迷信，即这种草被认为是生长在绞刑架下面。布朗爵士（《世俗谬论》，一六四六年）提到过绞刑犯的脂肪，通俗小说家汉斯·海因茨·埃韦斯[4]（《阿尔劳娜》，一九一三年）提到了绞刑犯的精液。曼德拉草在德语中即 Alraune（阿尔劳娜），以前叫 Alruna，源于词根 runa（rune），意思是"神秘""暗藏的东西"，该词根还用于构建了日耳曼语的第一套字母。

《创世记》（第30章，第14节）中有一段奇怪的内容，提到了曼德拉草提高繁殖力的特性。在十二世纪，有位德意志犹太人，《塔木德》讲经人，写下了这么一段话：

"有一根绳索似的东西，从地下的根中长出，绳索上像结

---

1 Lucius Junius Moderatus Columella（4—约70），古罗马农学家、作家，著有《论农业》《论树林》等。
2 Albertus Magnus（约1200—1280），又称大阿尔伯图斯，德国哲学家、神学家、科学家，天主教圣师，著作涉及逻辑学、植物学、动物学、地理学、天文学、矿物学、化学等多领域，因博学被冠以"万能博士"名号。
3 Flavius Josephus（约37—约100），罗马帝国的犹太历史学家、军官，《犹太战记》《犹太古史》为其代表作。
4 Hanns Heinz Ewers（1871—1943），德国小说家、诗人、剧作家，以恐怖题材作品著称。

出南瓜或甜瓜一样，由肚脐连着一种动物，叫作亚杜阿，可亚杜阿跟人一模一样：有脸，有身体，有手有脚。刨出根，清除所有附着物，直到看见整根绳索。要用箭射穿这根绳索，这时这只动物才会死去。"

医生狄奥斯科里迪斯[1]把曼德拉草看作喀耳刻，或称其为"喀耳刻草"；讲到喀耳刻，在《奥德赛》第十卷中出现过这样的植物[2]：

"此物根为黑色，然花色乳白。人欲将其拔出是难事，神则无所不能。"

---

1 Pedanius Dioscorides（约40—90），希腊医生、药理学家，代表作为《药物论》。
2 指《奥德赛》中提到的神奇草药莫利（moly），赫耳墨斯将其作为解药给奥德修斯，助他免受喀耳刻的药酒和巫术伤害，从而制服了喀耳刻，营救出被困船员。

# 蝎　　狮

老普林尼（《自然史》，第八卷，第三十章）曾提到，据波斯王阿尔塔薛西斯二世的希腊医生克泰夏斯说：

"埃塞俄比亚人传说有一种叫作蝎狮的动物，它长有三排牙齿，彼此穿插就像梳齿，长有人脸和人耳，蓝色的眼睛，深红色的狮子身体，一条末端带刺的尾巴，像蝎子。它奔跑速度极快，极偏爱人肉，它的声音就像笛子和小号的合奏。"

福楼拜在《圣安东的诱惑》最后几页，作了进一步的描述：

## 蝎狮[1]

——我的鲜红皮毛的光泽,中间夹杂着大粒沙石的闪光。我的鼻孔里喷出的是荒漠的恐怖,嘴巴吐出的是疫病。我吞噬大队的人马,只要这些人敢到沙漠来冒险。

——我的指甲弯曲像钻头,我的牙齿嵌入像锯子,我的尾巴会转动,上面竖起一根根刺,我可以向右、向左、向前、向后投掷。你瞧!你瞧!

蝎狮会投掷它尾巴上的刺,就像箭射向四面八方,点点血雨洒落在树叶上。

---

[1] 红色巨狮,人脸,有三排牙齿。——原注

# 牛头人身怪弥诺陶洛斯

建一座让人迷路的房子的想法,也许比造一个长牛头的人更奇怪,但是两者相得益彰,一座迷宫的形象跟弥诺陶洛斯的形象很般配。一座怪异的房子中央住着一个怪物,顺理成章。

弥诺陶洛斯,半牛半人,是克里特王后帕西法厄与海神波塞冬从海里弄出的白色公牛结合的产物。能工巧匠代达罗斯,是这场结合圈套的实施者,他还建造了一座迷宫来囚禁和藏匿这个怪物儿子。弥诺陶洛斯以人肉为食,为此,克里特国王弥诺斯要求雅典每年进贡七个童男和七个童女供它食用。忒修斯决心帮祖国摆脱这种贡赋,自告奋勇挺身而出。克里特国王的女儿阿里阿德涅给了他一个线团,防止他在迷宫的通道里迷路。这位英雄后来杀了弥诺陶洛斯，走出了迷宫。

奥维德在一首力求别出心裁的五音步诗中提到了"半牛人和半人牛"；但丁识得古人的文字，但是不解古代的钱币和碑文，他想象弥诺陶洛斯长着人头和牛身（《神曲·地狱篇》，第十二歌，1-30）。

对公牛和双刃斧（名为 labrys，后来引申出 labyrinth 一词，意为迷宫）的崇拜，是前希腊时代宗教的典型现象，那时还举行神圣的斗牛活动。从一些壁画来看，牛头人身怪的形象是出现在克里特岛的鬼怪志中的。大概，有关弥诺陶洛斯的希腊神话是很早很早以前的神话的一个后期粗俗版本，是另外一些更加可怕的梦的影子。

## 蚁　狮


有一种不可思议的动物叫蚁狮，福楼拜是这样定义它的："前半部分是狮子，后半部分是蚂蚁，生殖器倒长"。这个怪物的故事很奇特。在《圣经》(《约伯记》，第4章，第11节)里是这样写的："老狮子因为缺乏猎物而死"[1]。

希伯来文本中用layish表示"狮子"，这个生僻词似乎要求其译名也同样生僻。《七十士译本》[2]记载了一头阿拉伯狮子，埃里亚努斯和斯特拉波称之为myrmex，借此打造了一个单词：myrmecoleon。

几个世纪过去，这个词的派生过程被遗忘了。在希腊文里，myrmex意为"蚂蚁"；于是，一个令人迷惑的字词组合"那头狮子-蚂蚁因为缺乏猎物而死"，让中世纪的动物寓言家们想象力迸发：

"博物学家谈论狮子-蚂蚁，说其父亲是狮子，母亲是蚂蚁；父亲是食肉的，母亲是食草的。它们孕育了狮子-蚂蚁，它是两者的混合体，跟两者相像，因为它身体前半部分是狮子，后半部分是蚂蚁。这样结合在一起，它既不能像父亲那样食肉，也不能像母亲那样食草，结果就饿死了。"

---

1 和合本《圣经·旧约·约伯记》第4章第11节译文为："老狮子因绝食而死"。
2 希伯来《圣经》最早的希腊文译本，除包括基督教称之为《圣经·旧约》的内容之外，还包括次经和有关犹太人生活的文献，译成时间约在公元前三世纪至前二世纪之间，相传为七十二位犹太学者合译而成，得名《七十士译本》。

# 独 眼 人

monóculo（单目镜）这个词在作为一种仪器的名称之前，是用来称呼那些只有一只眼睛的人。贡戈拉在十七世纪初创作的一首十四行诗里就提到"向伽拉忒亚求爱的独眼巨人"，当然，这是指波吕斐摩斯，关于他，贡戈拉在《波吕斐摩斯和伽拉忒亚的寓言》中是这样描写的：

一座高山，长着粗壮的四肢，
这是海神尼普顿的残暴儿子，
用一只眼照亮他前方的世界，
就这样与最明亮的晨星比试；
最壮实的松树面对独眼巨人，

俯首帖耳变成他轻便的手杖，
仿佛巨大体重下纤细的灯草，
头天做拐杖，改天就成细枝。

满头黑发，仿佛起伏的波浪，
恰如忘川里深黑的水在奔腾，
狂风捋发吹起风暴波涛阵阵，
散乱的头发飘舞蓬头又垢面；
激流喷涌直泻那是他的胡须，
啊，比利牛斯山狂暴的儿子，
胸前泛滥一片，迟缓、笨拙或徒劳，
留下了你手指的深深的抓痕……

这些诗句夸饰和弱化了（昆提利安[1]推崇的）《埃涅阿斯纪》第三卷中的一些诗句，而《埃涅阿斯纪》则夸饰和弱化了《奥德赛》第九卷中的一些诗句。这种文学上的衰退反映

---

[1] Marcus Fabius Quintilianus（约35—约100），古罗马修辞学家、演说家、律师、教育家，又译昆体良。

了对诗意追求的衰退。维吉尔想要用波吕斐摩斯吸引眼球，可又几乎不相信他的存在，而贡戈拉只相信文辞，或者说只相信文字技巧。

波吕斐摩斯所属的巨人族库克洛普斯不是唯一的独眼族，老普林尼（《自然史》，第七卷，第二章）曾提到阿里马斯普人：

"此族群以只有一只眼睛出名，这只眼睛长在前额中间。他们生活在与双翼怪物格里芬没完没了的战争中，目的是要夺取格里芬从地底下挖出的黄金，格里芬则拼命守护黄金，其劲头不亚于阿里马斯普人抢夺的劲头。"

公元前五世纪，第一位百科全书作者哈利卡纳苏斯[1]的希罗多德写道（《历史》，第三卷，116）：

"在欧洲北部好像储藏有极其丰富的黄金，但是我说不出是在哪里找到、从哪里采出的。据说是独眼族阿里马斯普人从格里芬那里盗取的，但是这则传说过于粗略，难以让人相信这个世界上存在脸上只有一只眼睛而其他部位却与常人无异的人。"

---

[1] Halicarnassus，古希腊城市，今土耳其的博德鲁姆，是古希腊历史学家希罗多德的出生地。

# 墨　猴

"此物盛产于北方，体长四五寸，天赋异禀，双目如红玉髓，毛发乌黑油亮，如丝一般，柔软似枕。其嗜墨如命，凡有人书写之时，即双手交叠，盘腿坐一侧，待书写结束即上前舔净余墨。舔毕回归原位，静坐。"

王大海（一七九一年）[1]

---

1　参见本书第62页脚注2。

# 怪兽阿刻戎

只有一个人见到过怪兽阿刻戎,也只有一次;事情发生在十二世纪,在科克城。记载这段历史的原文本,是用爱尔兰语写的,现已失传,但是一位雷根斯堡的本笃会修士把它翻译成了拉丁语,通过他的译本,故事被转译成了许多语言,其中包括瑞典语和西班牙语。这个拉丁语版本现在留下了五十几个手抄本,内容大同小异,书名叫《通达尔异象录》[1],现在一般认为这本书是但丁诗歌的源头之一。

我们先来说一下"阿刻戎"这个词。在《奥德赛》第十卷里,那是冥界一条河流的名字,在人类居住地的西方边境流过。这个名字在《埃涅阿斯纪》、卢坎的《法萨卢斯》、奥维德的《变形记》里响起。但丁把这个名字记录在一个诗句中：

> 在那愁苦的阿刻戎河岸边

有一则传说把阿刻戎变成了一个受惩罚的巨人；后来又一则传说称它位于离南极不远的地方，在对宫星座的下面。伊特鲁里亚人有教人算命的《运程书》，也有《阿刻戎之书》，用于在肉体死亡以后为灵魂指路。随着时间的推移，"阿刻戎"成了"地狱"的代名词。

通达尔原是一位年轻的爱尔兰骑士，有教养且勇敢，但习性并非无可指摘。一次，他在朋友家中病倒，历时三天三夜，大家都以为他要死了，只有心口还有点温度。他恢复知觉的时候说，守护天使带他去看了域外地界。在他看到的诸多异象中，现在令我们感兴趣的就是怪兽阿刻戎。

---

1 *Visio Tnugdali*，十二世纪的宗教文本，是爱尔兰骑士通达尔讲述自己在三天昏迷中灵魂由天使引领穿越天堂和地狱，遭受种种折磨，苏醒之后虔诚皈依的经历。据传1149年德国雷根斯堡的爱尔兰修士马库斯将听到的讲述由爱尔兰语译成了拉丁语。

此怪兽比一座山还高大。它眼中喷着火焰，嘴巴大到可以容纳九千个人。两个受永罚之人，像两根立柱或两尊男像柱，把怪兽嘴巴撑开；一个脚踩地直立，另一个头着地倒立。怪兽有三个喉咙通往体内，三个都在喷出永不熄灭的火焰。从怪兽肚子里传出被它吞食的无数受永罚之人持续不断的惨叫声。魔鬼们告诉通达尔，怪兽名叫阿刻戎。守护天使不见了，通达尔和其他人一起被拖进阿刻戎身体里面，只觉得到处是眼泪、黑暗、牙齿打颤的声音、火焰、难忍的酷热、刺骨的寒冷、猛犬、狗熊、狮子和毒蛇。在这则传说中，地狱是一头动物，体内装着好多别的动物。

一七五八年，埃马纽埃尔·斯威登堡写道："没有人让我看过地狱的全貌，但是有人跟我说过，既然天堂具有人形，地狱就是魔鬼的形状。"

# 梵蛇那伽

那伽属于印度斯坦神话。那伽是蛇，但通常具有人形。

在《摩诃婆罗多》某一卷中，阿周那被那伽王的女儿优楼比看中了，他想持守色戒的誓言，姑娘却提醒他，他有为不幸者解难的义务，于是这位英雄与她共度了一夜。佛祖在菩提树下沉思，承受风雨的磨难，善心的那伽看见了，用身体在佛祖四周环绕七圈，又把它的七个头，在佛祖头顶一字排开，宛如一片屋顶。佛祖就让它皈依了自己的信仰。

克恩[1]在《印度佛教手册》中定义那伽为"像云一样的蛇"，居住在地下的深宫里。大乘佛教的信徒说，佛祖布施两种佛法，一种是给人的，另一种是给神的，这后一种佛法——密法——藏在天上蛇宫里，几个世纪以后传给了龙树菩萨。

这里有一个传说，是由去西天取经的高僧法显[2]，于公元五世纪初在印度收集到的：

"阿育王来到一个湖边，湖边有一座宝塔。他想把宝塔推倒重建一座更高的塔。一个婆罗门让他进入塔身，他进去后，那人跟他说：

"'我的人形是幻觉，我实际上是那伽，是一条龙。我的罪孽使我栖身于这个可怕的躯壳，但是我现在信奉佛祖口述的佛法，希望能赎回我的真身。你可以拆了这座神龛，如果你认为有能力竖起一座更好的。'

"然后他给阿育王看那些祭器。阿育王看了很吃惊，因为这些器物跟人工制作的很不一样，于是他打消了重建宝塔的念头。"

---

1 Johan Hendrik Caspar Kern (1833—1917)，荷兰语言学家、东方学家，印度学和佛教学者，生于爪哇，精通梵语和古爪哇语等。
2 法显 (337—422)，东晋高僧，旅行家、翻译家，中国海外取经求法的先驱者。公元399年他和同伴从长安出发，西行至天竺（今印度）、狮子国（今斯里兰卡）等地，学习梵语、抄录佛典，于412年携带多部佛教经法典籍回国，后撰有记录其西行经历见闻的《佛国记》。

# 半人纳斯纳斯

在小说《圣安东的诱惑》中出现的怪物里面，有一种叫纳斯纳斯的半人，"只有一只眼睛、一边脸、一只手、一条腿、半个身体和半颗心脏"。让-克洛德·马尔戈林[1]注释说，那是福楼拜的创造，但是莱恩翻译的《一千零一夜》（一八三九年）第一卷中说，那是人类跟魔鬼交合的产物。纳斯纳斯——莱恩用了这个名字——"是半个人，有半个头、半个身体、一只手臂和一条腿，跳跃极其灵活"，栖居在也门哈德拉毛的荒漠中。它们能发音说话；有的纳斯纳斯脸长在胸上，就像传说中的无头族，尾巴跟羊尾巴相似；它们的肉是甜的，很受欢迎。有一个纳斯纳斯的品种长着蝙蝠翅膀，盛产于拉伊岛（也许是婆罗洲），紧邻中国海。"不过，"持怀疑态度的讲述者说,"只有真主知道。"

---

1 Jean-Claude Margolin (1923—2013),法国哲学家、文学评论家,欧洲人文主义研究专家,对伊拉斯谟、拉伯雷、福楼拜等人有专门研究。

# 宁　芙

帕拉塞尔苏斯说宁芙们仅栖居在水域，但是古人把她们分为水泽宁芙和陆地宁芙。这后一类宁芙中，有一些是专司森林的。哈玛德律阿得斯就是隐居于树身的护树宁芙，与树木共生死；其他宁芙则被认为是不死的，或者能活上几千年。生活在海洋里的宁芙叫作俄刻阿尼得斯或者涅瑞伊得斯，生活在江河溪流里的宁芙叫作那伊阿得斯。她们的确切数量无人知晓，赫西奥德大胆推测有三千之众。她们都是端庄美丽的少女，看见她们可能会变得疯狂；而如果看见她们的裸体，则会死去。普罗佩提乌斯[1]曾经这样点明了一句。

古人用蜂蜜、食油和牛奶供奉她们。她们是低级神祇，所以没有建造供奉她们的庙宇。

---

1 Sextus Propertius（约前 50—约前 15），古罗马诗人，代表作为《哀歌集》。

## 命运女神诺伦

在斯堪的纳维亚人的中世纪神话中，诺伦就是罗马神话中的命运三女神帕耳开。斯诺里·斯蒂德吕松[1]于十三世纪初整理了那些散乱的神话，他告诉我们这些女神中最主要的有三位，名字分别叫过去、现在和将来。有人猜测，后来的这种说法经过了神学思想的提炼和补充，这是可信的。古代的日耳曼人并不善于这样的抽象思维。斯诺里让我们看到三个少女在一个喷泉旁边，在世界树下，那棵树就是这个世界。她们无情地执掌着我们的命运。

时间（构成了她们的存在）渐渐把她们忘却了，但是大约到了一六〇六年，威廉·莎士比亚写了悲剧《麦克白》，她们出现在第一幕中。她们三个女巫，对勇士们预言了等待他们的命运。莎士比亚称她们为 weird sisters，即"命运三姐妹"，命运三女神帕耳开。在盎格鲁-撒克逊人看来，韦德[2]是掌管诸神和凡人命运的沉默女神。

---

1 Snorri Sturluson（约1178—1241），冰岛诗人、历史学家。
2 原文为 Wyrd，古英语，含义为"命运"，weird 源于该词。

# 八 岐 大 蛇

高志的八岐大蛇以凶恶的形象出现在日本的宇宙起源神话中。它有八头八尾；眼睛是深红浆果色；背脊上长着松树和苔藓，额头上长着杉木。它爬行的时候，身躯铺满八个山谷和八个山头；它的腹部永远沾满了血。有七位少女，都是一位国王的女儿，在七年里被它一个个吃掉了。最小的女儿叫奇稻田姬，在被它缠住正要吃的时候，被一位名叫建速须佐之男命的神搭救。这位武士建了一个巨大的木头围栏，里面造了八座平台。他在每座平台上放了一个大酒桶，里面灌满了清酒。八岐大蛇来了，它一个头钻进一个酒桶，大口大口地把酒全喝了，不一会儿它就酩酊大醉睡着了。这时建速须佐之男命把它的八个头全割了下来。从它脖颈伤口冒出的血流成了河。在蛇尾发现的一把宝剑，如今还供奉在热田神宫的大殿上。这些事发生的地方原来叫蛇山，现在叫八云山；"八"在日本是一个神圣的数字，代表"多"。现在日本的纸币上还有纪念大蛇死亡的图案。

毋庸赘述，后来拯救者娶了被拯救者为妻，就像希腊神话里珀耳修斯娶了安德洛墨达。

在英语版日本宇宙起源说和神统论作品（《日本人的圣典》，纽约，一九五二年）中，波斯特·惠勒[1]提到了与之类似的希腊神话九头蛇海德拉、北欧神话法夫纳和埃及女神哈索尔的故事，有位神用血红色的酒灌醉女神哈索尔，拯救了人类使之免遭杀戮。

---

[1] George Post Wheeler（1869—1956），美国记者、作家、外交官，曾在美国驻日本使馆任秘书、参赞等职。

## 奥德拉德克[*]

"有些人认为 Odradek（奥德拉德克）一词源自斯拉夫语，想通过这个词源解释词的构成。另一些人认为这个词源自德语，只是受到斯拉夫语的影响。两种解释都不确定，恰好证明了两者均不属实，而且没有一种说法给出了词的涵义。

"当然，如果被称为奥德拉德克的东西实际上并不存在，那谁也不会去为这种研究浪费时间了。它的外形像一个线轴，扁扁的星形线轴，确实很像用线绕起来的，不过是用断的、旧的、打了结的、缠在一起的不同种类不同颜色的线段绕的。它不单单是一个线轴，在星形的中央伸出一根横杆，横杆上连接着一根与之成直角的棍。一边依靠这根小棍，另一边借助星形线轴的一个角，整个线轴便可以站立起来，就好像有两条腿似的。

"人们会试图相信,这样的结构曾经在某个时候有过适合于某种功能的形状,只是现在损坏了。然而好像不是这么回事,至少没有任何这方面的迹象,在任何部位都没有发现修补或断裂的痕迹,整体看起来毫无用处,但它本身是完整的。我们无法再说更多的情况,因为奥德拉德克出奇地好动,不让人逮住它。

"它可能待在阁楼、楼梯间、过道内、门厅里。有时一连几个月看不到它。它跑到邻居家去了,但是总会回我们家。好几次,出门的时候在楼梯平台上看到它,想跟它说话。当然不能问它很难的问题,只能像跟小孩说话那样——它矮小的身体让我们不禁这么做——问它:'你叫什么名字呀?'它说:'奥德拉德克。''你住在哪里啊?''住哪里不确定。'它说着笑了笑,但那是一种肺部乏力的笑声,听起来就像干树叶的沙沙声。通常对话就在这里结束了。并不总是能得到回答的,有时它长久地保持沉默,就像木头,它看起来也像木

---

\* 所引篇目原题 *Die Sorge des Hausvaters*,即《家长的忧虑》。——原注

头做的。

"我徒劳地思考着它将来会怎样。它会死掉吗？所有会死的东西，在活着的时候都有一个目标、一种活动，为此消磨一生；这不符合奥德拉德克的情况。它会拖着线下楼梯，用线绊我的孩子们、我孩子的孩子们的脚吗？它不会害任何人，但是，一想到它会活得比我久，我心里就隐隐作痛。"

弗朗茨·卡夫卡

## 会造雨的商羊鸟

除了龙以外,中国的农民还有一只名字叫商羊的鸟可以用来求雨。它只有一只脚,在古代,儿童"屈其一脚,振讯两眉而跳,且谣曰:'天将大雨,商羊鼓舞'"。据说,实际上此鸟先是汲江河之水,然后将水洒向地面。

古代一位智者将此鸟驯服,外出时把鸟藏在衣袖里。据历史学家记载,一次,此鸟飞落于齐侯王位前,又是扑打翅膀又是跳跃。齐侯大惊,派一位大臣去鲁国宫廷请教孔子。孔子预言商羊会给当地及周边地区带来大水。他劝说齐国建造堤坝、开挖河道。齐侯听从了大师的建议,从而避免了大灾。

## 潘 特 拉

在中世纪的动物寓言中,"潘特拉"一词所指的动物,跟现代动物学上豹子那种"食肉的哺乳动物"完全是两码事。亚里士多德曾说过,此兽的体味会吸引其他动物;埃里亚努斯——因为精通希腊语被戏称为"舌如蜜"的罗马作家——声称那种气味也使人类觉得愉悦。(因为这一特性,人们的推测把它跟麝猫混淆起来了。)老普林尼说它背上有块斑,圆形的,会随月亮的圆缺盈亏变大变小。在这些美妙的特征之外,《七十士译本》在一处可能指耶稣的地方,使用了"潘特拉"一词(《何西阿书》,第5章,第14节)[1]。

在盎格鲁-撒克逊的动物寓言集《埃克塞特书》[2]中,潘特拉是孤单而温和的动物,叫声悦耳,气息芳香。它栖居在山里一个秘密的地方。它唯一的天敌是龙，跟龙不停地搏斗。它一睡就是三个晚上，醒来就开始唱歌，成群结队的人和动物，被它的香气和歌声所吸引，从田野、城堡和城镇来到它的山洞。龙是它的宿敌，是魔鬼；它醒来就是主的复活；人群就是信徒们的集结，而潘特拉就是耶稣基督。

为了缓和这个隐喻可能给人带来的惊吓，我们应该想到，对撒克逊民族而言，潘特拉不是一种凶猛的野兽，而是没有很具体的形象支持的一个异国风味的词。还可以补充一点，耐人寻味的是，艾略特的诗歌《枯叟》中提到过"基督老虎"。

列奥纳多·达·芬奇做过如下记录：

"非洲的潘特拉就像一头母狮，但是腿更长，身体更灵

---

1 和合本《圣经·旧约·何西阿书》第5章第14节译文为："我必向以法莲如狮子，向犹大家如少壮狮子。我必撕裂而去，我要夺去，无人搭救。"这里是把原文 Pantera（"潘特拉"）译成了"狮子"。
潘特拉，原指提比略·尤利乌斯·阿卜杜勒·潘特拉（Tiberius Julius Abdes Pantera，约前 22—40），是一名罗马士兵，据传是耶稣的生父，其姓氏 Pantera 源自希腊语，意思是"豹"或"美洲狮""美洲豹"（panther）。
2 *Codex Exoniensis*，即 *Exeter Book*，自十世纪流传至今的大型古英语文学手稿，藏于英国埃克塞特大教堂图书馆，被誉为盎格鲁-撒克逊文学"圣书"之一，里面有诗歌有谜语，其中有不少博物学内容。

巧。它全身白色，布满黑色的斑点，看起来像一朵朵小花。它的美吸引着其他动物，它们会簇拥在它的周围，如果不是因为它的目光可怕的话。潘特拉并非不知道这种情况，所以它总是目光朝下；动物们走近它是为了欣赏它的美，而它则逮住离它最近的猎物，一饱口福。"

# 鹈 鹕

普通动物学上的鹈鹕是一种水鸟,翅膀展开有两米宽,鸟喙长而扁,喙下悬着一个泛红色的薄皮囊,用来放鱼;寓言里的鹈鹕比它小,鸟喙也短而尖。前者恰如其名[1],羽毛为白色,而后者的羽毛是黄色的,有时是绿色的。相比外表上的差异,后者的习性更为独特。

鹈鹕妈妈用尖喙和爪子爱抚幼鸟,极其虔诚,结果幼鸟都给爱抚死了。三天后,鹈鹕爸爸回家,看到幼鸟都死了非常绝望,于是用尖喙啄开了自己的胸膛。从它伤口里流出的鲜血使幼鸟起死回生……通常动物寓言都是这么描述的,除了圣哲罗姆,在对《旧约·诗篇》第一百零二篇("我如同旷野的鹈鹕,我好像荒场的鸮鸟。")的一个注释中,他把鹈鹕幼鸟的死归咎于蛇。鹈鹕啄开胸膛,用自己的血喂养幼鸟,那是寓言的常规版本。

鲜血救活死者令人想到圣餐和十字架,《神曲·天堂篇》(第二十五歌,113)的一个名句就用"我们鹈鹕"来称呼耶稣基督。本韦努托·达·伊莫拉[2]在其拉丁文注解中阐述道:"称他为鹈鹕,是因为他打开了胸骨来拯救我们人类,就像鹈鹕用胸膛里的鲜血救活了已经死去的幼鸟。鹈鹕是埃及的鸟类。"

鹈鹕的形象常常出现在基督教会的纹章图案上,甚至被镌刻在圣体盒上。列奥纳多·达·芬奇的动物寓言是这样定义鹈鹕的:

"它酷爱自己的孩子,当发现幼鸟被蛇咬死在巢里时,它撕开了自己的胸膛,用鲜血给幼鸟洗浴,使它们起死回生。"

---

1 "鹈鹕"在西班牙语原文中作pelícano,字面意义为"毛发皆白"。
2 Benvenuto Rambaldi da Imola(1330—1388),意大利学者、历史学家,他对但丁《神曲》的评论对后世影响深远。

## 贝尔纳堡\*绿毛兽佩鲁达

在于讷河（一条表面平静的河流）的两岸，中世纪时期经常有一种绿毛兽佩鲁达在那里游荡出没。此兽经大洪水而不死，尽管没有被收进诺亚方舟。它的身量如一头公牛，有蛇的脑袋、滚圆的身体，浑身长满绿毛，配有螯针，凡被毒针刺中者必死无疑。它的脚掌极宽，形似龟掌；尾似蛇尾，可以用来杀死人和动物。它暴怒时，会喷射火焰焚毁庄稼。晚上，它经常去牲口棚里洗劫。农民们来追它，它就钻进于讷河兴风作浪，引起河水泛滥，淹没整个地区。

佩鲁达偏爱吞食头脑单纯的生物，如少女、儿童。它专挑最善良的少女，把她们称为"小羊羔"。一天，它抓到了一只"小羊羔"，把被它撕裂的、血淋淋的"小羊羔"拖到于讷河河床上。受害者的恋人抽出剑砍断了它的尾巴,这是它身上唯一脆弱的地方。怪兽当即死去。人们用香料对它做了防腐处理,然后击鼓吹笛,载歌载舞庆祝它的死亡。

---

\*　法国于讷河河畔城市。——原注

# 鹿　鹰　兽

似乎厄立特里亚的女预言家在某一篇神谕中说过，罗马将被鹿鹰兽摧毁。

公元六四二年，神谕灭失（不慎失火焚毁），着手恢复神谕的人却略去了这一预言，因此在复原的手稿中没有相关内容的任何提示。

面对如此模糊的线索，很有必要寻找一个源头来为相关内容提供更清晰的依据。于是，经过一千零一次的磨难，人们得知在十六世纪一位非斯的拉比（可以十分肯定地说就是亚伦-本-哈伊姆）曾经出版过一本有关想象的动物的小册子，上面提到他读到过一位阿拉伯作者的著作，其中说在奥马尔焚烧亚历山大图书馆的时候，烧毁了一篇有关鹿鹰兽的论述。

虽然这位拉比没有说出阿拉伯作者的名字,所幸他想到摘录那本著作的一些段落,给我们留下了一份有关鹿鹰兽的宝贵参考资料。在没有更多资料的情况下,明智的办法就是把这几段文字照录如下:

"鹿鹰兽生活在亚特兰蒂斯,半是鹿,半是鸟,长有鹿头、鹿脚,而身体完全是一只鸟的身体,有鸟的翅膀和羽毛。

"它们最惊人的特点是,当太阳照到它们身上时,投射出来的不是它们的影子,而是人的影子,由此一些人得出结论说,鹿鹰兽是远离神佑而死亡的人类的鬼魂。

"……有人看到它们食干土果腹……成群结队飞翔,还有人看到它们飞在赫拉克勒斯之柱上的高空。

"……它们(鹿鹰兽)是人类可怕的敌人。好像当它们杀死一个人之后,它们的影子立即会跟身体一致,然后就能获得神的恩典……

"……跟随大西庇阿[1]渡海战胜迦太基的军队,差一点兵

---

[1] Scipio,即 Publius Cornelius Scipio Africanus(约前 235—约前 183),古罗马统帅、政治家,罗马与迦太基之间第二次布匿战争(前 218—前 201)中罗马方面的主要将领。

败垂成，因为在渡海过程中出现密集的一群鹿鹰兽，它们杀死了许多士兵……虽然我们的武器对付不了鹿鹰兽，但一只鹿鹰兽不能杀死超过一个人。

"它会在受害者的血泊里打滚，然后腾空而去，逃之夭夭。

"在几年前看到过鹿鹰兽的拉文纳地区，人们说此兽的羽毛是天蓝色的，这使我非常吃惊，因为我看到书上说，那是一种很深的绿色。"

尽管上述几段摘录已经足够清晰，但时至今日仍然没有找到其他任何有关鹿鹰兽的资料还是不无遗憾的。

拉比的那本含有相关记述的小册子，直到第二次世界大战前，一直是存放在慕尼黑大学的。说来令人痛心，现在那份文献也不见了，不知道是毁于轰炸还是被纳粹盗走。

如果是由于后一种原因而遗失，但愿随着时间的推移，文献会重现于世，为世界上哪个图书馆增光添彩。

# 俾格米人

在古人看来，这个矮人族生活在印度斯坦或埃塞俄比亚的边境。某些作者说他们用蛋壳来建造房屋。还有一些作者，像亚里士多德，在书中说他们居住在地下洞穴。他们收割麦子要用斧子砍，仿佛去砍伐一座原始森林。他们骑羊羔、母山羊代步，挑个头适合他们身材的。每年都会有从俄罗斯平原上飞来的鹤，成群结队地攻击他们。

俾格米也因此成了一个神的名字，迦太基人把俾格米神的脸雕刻在战船的船头，用来吓唬他们的敌人。

# 喀 迈 拉[*]

有关喀迈拉的最早记录出现在《伊利亚特》第六卷上。书中写道,喀迈拉具有神的血统,前部是狮子,中部是山羊,后部是蛇;嘴里喷火,被格劳库斯之子——俊美的柏勒洛丰杀死,实现了诸神的预言。狮子头、山羊肚和蛇尾,这是对荷马文字最自然的诠释,但是赫西奥德的《神谱》把它描写成有三个头,于是公元五世纪在阿雷佐落成的青铜像就是这个形象,在其背脊的中部有一个山羊头,一端有一个蛇头,另一端是一个狮子头。

在《埃涅阿斯纪》第六卷中又出现了"喷火的喀迈拉";注释家塞尔维乌斯·诺拉图斯[1]指出,根据所有权威的意见,这个怪物来自吕基亚,在这个地区有一座同名的火山,山脚下蛇成灾，山坡上有草地和山羊，山巅处不断往外喷火，那里有狮子的巢穴。喀迈拉也许是这一奇妙的高地的隐喻。普鲁塔克曾经暗示说，喀迈拉是一个嗜好海盗活动的船长的名字，他让人在他的船上画了一头狮子、一只山羊和一条蛇。

这些荒唐的推测，说明人们已经对喀迈拉腻味了。与其去幻想它的形象，还不如把它化为随便什么东西。它太多元了，狮子、山羊、蛇（有的书上说是龙）没法结合成一种动物。随着时间的推移，"喀迈拉"这个词逐渐衍化为"空想"的意思。拉伯雷说过一个有名的玩笑话（"如果一头喀迈拉在空中摇晃，能够吃掉第二意向"），是这种变化的一个标志。不对劲的形象消失了，这个词却保留了下来，用以表示不可能的事。"虚幻的想法""无用的想象"，就是现在词典上对"喀迈拉"一词的定义。

---

\* Chimera，又译客迈拉、奇美拉或凯美拉。
1 Maurus Servius Honoratus，公元四世纪末五世纪初古罗马语法学家，以对古罗马诗人维吉尔三部代表作《牧歌》《农事诗》《埃涅阿斯纪》的注释而闻名。

## 吸盘鱼雷莫拉[*]

remora（雷莫拉），在拉丁语中，是"延迟""耽搁"的意思。这是词的本义，转义指吸盘鱼、粘船鱼，因为说它有能力阻挡船只航行。在西班牙语中则倒过来，词的本义是一种鱼，转义才是"障碍"。雷莫拉是一种灰黑色的鱼，在鱼头颈背处有一个椭圆形的吸盘，里面的软骨片形成真空，用来吸附在其他水下物体上。老普林尼曾描述过这种鱼的能力：

"有一种叫作雷莫拉的鱼，习惯于在石块之间游来游去，吸附在水下的船体上，使船只移动缓慢，它的名称也由此而来；由于这个原因，它也用来比喻无耻的妖术，那种妨碍、混淆诉讼和争议的勾当。但是它有一个用处可以稍许缓和诸多恶名：吃雷莫拉可以保住腹中胎儿直到分娩。鱼肉味不佳，没人把它当作美食。亚里士多德认为此鱼有脚，因为它有好多鳞片，其分布的状况让人产生这样的错觉……特雷比乌斯·尼格尔[1]说，此鱼长一脚掌，宽五指，能让船只停下，除此之外，将雷莫拉放在盐里有个用处，就是当有黄金掉入深井时，它可以下去用身体吸住黄金把它捡起来。"[2]

让人好奇的是，词义是如何从逼停船只转到阻止诉讼和留住胎儿的。

在另一处，老普林尼说到，一条雷莫拉决定了罗马帝国的命运，它在阿克提姆海战[3]中阻挡了马克·安东尼检阅舰队时乘的旗舰；另一条雷莫拉则逼停了卡利古拉[4]的战舰，顶住

---

\* remora，即鮣鱼，别名吸盘鱼、粘船鱼、船底鱼、印鱼、印头鱼等。

1 Trebius Niger，公元前二世纪古罗马作家、政治家，据传写有一部自然历史著作，其中有关鱼类的内容被老普林尼引述。

2 9-41：赫罗尼莫·戈麦斯·德韦尔塔译本（1604）。——原注
Gerónimo Gómez de Huerta（1573—1643），西班牙医生、诗人、翻译家、人文主义者，将老普林尼代表作《自然史》译成了西班牙语。

3 罗马共和国内战中的最后一次决定性战役，发生于公元前31年9月2日，屋大维麾下将领阿格里帕率领的舰队在希腊阿克提姆海角战胜了马克·安东尼率领的舰队，此战最终促成了公元前27年罗马帝国的建立，屋大维成为开国皇帝。

4 即盖乌斯·尤利乌斯·恺撒·奥古斯都·日耳曼尼库斯（Gaius Julius Caesar Augustus Germanicus，12—41），罗马帝国第三任皇帝，被认为是典型的暴君，后世常用他自童年起就有的外号卡利古拉（Caligula，意为"小军靴"）来称呼他。

了四百名船工划桨的力量。"狂风大作,暴雨肆虐,"老普林尼感叹道,"可是那条雷莫拉扛住风暴,令所有舰船停止前进,做到了最结实的锚碇和缆绳都无法做到的事。"

"并非总是力大制胜。一条小小的雷莫拉挡住了一艘航船的进程。"迭戈·德萨韦德拉·法哈多[1]也这样说。[2]

---

1 Diego de Saavedra Fajardo (1584—1648),西班牙外交官、政治家、作家。
2 摘自《政治事业》。——原注

# C.S. 刘易斯幻想的爬行动物

"慢慢地，颤巍巍地，一个人形物做着非人的动作，在火光中泛着猩红色，从山洞里钻出来。当然，它就是'非人'；它拖曳着断腿，下颌悬在那里就像一具尸体，它站了起来。它出来不久，这时，另一具躯体又出现在洞口。先出来的是树枝状的东西；然后是六七个亮点，组成像天上的星座的样子；再后来是一团反射着红光的管状物，仿佛被磨亮过。突然，只见树枝变成了长长的绳索般的触手，而光点又化为裹着坚壳的脑袋上的多只眼睛，脑袋的后面接着圆柱形的、皱巴巴的身体。看到这个情景，他的心突突跳。再接下来是可怕的、有棱角的东西，有好多关节的腿，最后，当他以为整个身体都看见了时，又出现一个躯体跟着第一个，然后又一个躯体跟着第二个。此物分成三个部分，相互间由类似蜂腰的部位连接，三部分不是整齐排列的，给人的感觉像是被踩踏过；那是一个颤抖着的畸形物体，体型巨大，有一百条腿，一动不动地趴在'非人'的身边，两者把自己巨大的身影投射在石墙上，合并成绝无仅有的威胁……"

C. S. 刘易斯

《皮尔兰德拉星》，一九四九年

# 火王和他的坐骑

赫拉克利特指出,世界上初始的元素是火,但这不等于说可以想象用火造出万物,用火焰这种瞬息多变的物质来塑造万物。这种几乎没有可能的想法,威廉·莫里斯在他的史诗集《世俗的天堂》(一八六八至一八七〇年)中的故事《给维纳斯的戒指》中做过尝试。诗句是这么写的:

"那些魔鬼之主,是一位伟大的王,头戴王冠手握权杖,容光焕发如白色的火焰,轮廓清晰似石雕的头像;他是不断变化的火焰,而非肉身,欲望、仇恨和恐惧纵穿他的躯体。他的坐骑是那样神奇,不是马,不是龙,也不是骏鹰,跟这些动物相似又不似,千变万化就像梦中的景象。"

也许上述文字受到《失乐园》(第二卷,666—673)中对死神故意模糊人格化手法的一些影响。他似头的部位戴着冠冕,身体却跟周围的投影混合在一起。

# 火蝾螈沙罗曼达*

"沙罗曼达"这个词不仅指生活在火中的小龙,也指(如果皇家学院的辞典没有错的话)"一种皮肤光滑、呈深黑色、两侧有对称的黄色斑点、以昆虫为食的两栖类动物"。就它的两种描述而言,人们更熟悉的是传说中的描述,所以我们把它列入本书谁也不会觉得惊讶。

老普林尼在《自然史》第十卷中声称,沙罗曼达性寒,只要一接触它,火就会熄灭;后来他重新考虑了这个问题,从质疑的角度提出,如果真像魔法师们说的那样,它具有这种特性,那可以用它来灭火了。在第十一卷中,他讲到有一种长翅膀的四足生物,叫皮劳斯塔,生活在塞浦路斯铸铁厂的炉火中;一旦放飞到空中,它会飞一小段路程,然后坠地而亡。后来有关沙罗曼达的神话,也加入了这种被人遗忘的动物的故事。

凤凰常被神学家们提及来证明肉体的复活;沙罗曼达则被当作例子,来说明肉体是可以在烈火中生存的。在圣奥古斯丁的《上帝之城》第二十一卷中,有一章就叫《如果肉体可以在烈火中永生》,章节开头是这样:

"为什么我必须证明,去说服那些不信神的人,人类的肉体,有生命的、活着的肉体,不但永远不会因为死亡而融解、消失,而且还能经受永恒的烈火的折磨?因为他们不喜欢我们把这一奇迹归因于万能的主的无所不在,他们要求我们通过具体的事例演示出来。我们回答这些人,的确有一些动物,肉身会腐烂,因为它们会死亡,然而它们在火中生存。"

诗人们也借助沙罗曼达和凤凰,来抬高修辞的规格。因此,克维多在"歌颂爱情和美貌的功绩"的《西班牙诗集》第四卷的十四行诗中写道:

---

\* salamander,音译沙罗曼达、沙拉曼达,又译火蝾螈、火蜥蜴、火蛇、沙罗曼蛇等。

我化身凤凰投入燃烧的
烈焰，在那里重获新生，
体验了烈火的阳刚之气，
那是父亲，有儿孙传承。

冰冷的沙罗曼达，揭穿了
博学的新论，我斗胆抗争，
在火海中饥渴地吞饮火焰，
我的心在烈火中全然不觉……

到了十二世纪中叶，在欧洲诸国流传着一封伪信，据说是祭司王约翰——王中之王——写给拜占庭皇帝的。这封信函，是一份奇迹的目录，讲述了会挖金子的蚂蚁怪、一条石头的河流、一片有活鱼的沙海、一面能照出王国里发生的所有事情的高耸的镜子、一根用整块翡翠雕琢的权杖、既能使人隐身又能照亮黑夜的鹅卵石。其中有一段说："我们的领地出一种虫叫沙罗曼达，沙罗曼达生活在火中，会结茧，宫女们用茧纺线，用来织布、缝制衣服。要清洗布匹时，她们就把布扔进火里。"

关于这些用火清洗、不会燃烧的布匹的说法，在老普林尼（《自然史》，第十九卷，第四章）和马可·波罗（《马可·波罗游记》，第一卷，第三十九章）的作品中都曾提到。后者还说明："沙罗曼达是一种物质，不是一种动物。"一开始谁也不相信他的说法；后来，用石棉制造的布，被当作沙罗曼达的皮出售，这就成了沙罗曼达存在的铁证。

本韦努托·切利尼[1]在其自传的某个章节中说到，他五岁的时候，看到过一只小动物在火里玩耍，很像壁虎。他把这事告诉了父亲。父亲跟他说那是沙罗曼达，还打了他一顿，为了让这一幕常人很少见到的奇景，牢牢地铭刻在他的记忆里。

沙罗曼达在炼金术的符号体系中，代表火的元素精灵。从这种观念里，以及从亚里士多德的推理（西塞罗在他的《论神性》第一卷里保留了这一推理）中，可以发现为什么人们倾向于相信沙罗曼达的存在。西西里岛阿格里真托的医生

---

1 Benvenuto Cellini（1500—1571），意大利金匠、雕塑家、作家，文艺复兴后期矫饰主义艺术家代表人物之一。

恩培多克勒[1]曾经提出"四根说","四根"之间由于"争斗"和"爱"而分离和结合,构成了世界历史。不存在死亡,只有"根"的微粒——罗马人称之为"元素"——互相分离。这"四根"就是火、土、气和水。它们不是创造出来的,彼此没有强弱之分。现在我们知道(我们认为是知道了)这种学说是错误的,但是人们曾经认为此学说非常精辟,普遍作为有益的理论来接受。"构成并维持世界的、现在仍然存在于诗歌和民间想象之中的四大元素,有一部漫长而光荣的历史。"特奥多尔·贡珀茨[2]这么写过。而且,这一学说要求四种元素间的平衡。既然地上和水里有动物,那么火中也必须有动物。为了科学的尊严,必须存在沙罗曼达。在另外一篇文章里,我们会看到亚里士多德是如何发现空中动物的。

列奥纳多·达·芬奇认为,沙罗曼达以火为食,火用来帮助它更换皮肤。

---

[1] Empedocles(约前494—约前434),生于西西里岛南岸的阿格里真托,古希腊哲学家、科学家、诗人,相传做过医生和术士。
[2] Theodor Gomperz(1832—1912),奥地利哲学家、古典学者。

# 羊男萨堤尔[*]

希腊人称它们为萨堤尔；在罗马，人们称它们为法乌努斯、潘神、西尔瓦努斯。它们的腰部以下是山羊，上身、双臂和脸部是人类，覆盖茸毛。额头上有小犄角，尖耳朵，鹰钩鼻。生性淫荡好色、嗜酒。陪伴酒神巴克斯在欢乐中征服了印度斯坦。袭扰山林水泽女神宁芙。喜歌舞，善吹笛。农夫们对它们敬重有加，用第一批收获的瓜果供奉它们，还为它们献祭羔羊。

这些小神祇中的一个，曾经在色萨利的山洞里被罗马军团的苏拉部下捕获，送来见他们的首领。它嘴里发着含糊不清的声音，形象实在令人厌恶，以至于苏拉下令立刻将它放归山岭。

对萨堤尔的记忆影响了中世纪的魔鬼形象。

---

\* satyr,又译萨梯、萨蒂尔、萨堤洛斯、羊人、半羊人等。

# 热 生 物

通神者和人智学者鲁道夫·施泰纳[1]曾得到启示说：这个星球，在成为我们熟悉的地球之前，经历过一个日球阶段，再以前经历过一个土星阶段。人类，现在，有一个物质体、一个以太体、一个星芒体和一个自我；在土星阶段或土星时期之初，人只有物质体。这个身体既看不到也摸不着，因为那时候的地球上没有固体，没有液体，也没有气体，有的只是热的状态——热态。各种不同的颜色在宇宙空间里定义着规则或不规则的形体，每个人、每个生物都是用变化的温度组成的一个有机体。据施泰纳证明，土星时期的人是一个又盲又聋、触摸不到的、由冷和热构成的结合体。"对于研究者而言，热不是别的东西，而是一种比气体更微妙的物质。"此话摘自《神秘学概论》一书的某个章节。在日球阶段之前，火之精灵或称大天使，激活了那些"人类"的身体，使其开始显现并闪耀光芒。

是鲁道夫·施泰纳梦见了这些事情？是在时间的深处曾经发生过这些事情，所以他梦见了？可以确定的是，这些事情的令人惊奇之处，远远胜过其他宇宙起源说里的造物主、蛇或公牛。

---

1 Rudolf Steiner（1861—1925），奥地利哲学家、教育家，人智学的创立者，华德福教育模式的创办人。

# 风 精 灵

希腊人把物质分成"四根"或者说四种元素，后来又给每一种元素配了一个精灵。在十六世纪瑞士炼金术士兼医生帕拉塞尔苏斯的书中，出现了四个元素精灵：土精灵诺姆[1]、水精灵宁芙、火精灵沙罗曼达、风精灵西尔芙或西尔菲德[2]。这些词源自希腊语。利特雷[3]在凯尔特语中找到过"西尔芙"这个词的词源，但是要说帕拉塞尔苏斯知道或者哪怕猜到过凯尔特语的词，那是绝对不可信的。

现在谁也不相信有风精灵，但是有个短语"西尔菲德身材"，仍然作为日常赞语用来形容苗条的女性。风精灵是介于物质和非物质之间的存在。浪漫主义的诗歌和芭蕾作品并没有忽视它的存在。

1 gnome,即地精,参见本书第 121 页《地精诺姆》。
2 sylph 或 sylphid,又译希尔芙或希尔菲德,指风精灵或风精、气精灵或气精。
3 Emile Littré(1801—1881),法国语言学家、词典编纂者、哲学家。

# 席 穆 夫[*]

席穆夫是栖居在知识树树枝上的一只不死鸟，伯顿把它跟斯堪的纳维亚鹰相提并论，据《新埃达》记载，后者知道很多东西，栖居在宇宙树[1]的树枝上，树名叫尤克特拉希尔。

骚塞的《撒拉巴》（一八〇一年）和福楼拜的《圣安东的诱惑》（一八七四年）都提到了席穆夫鸟；福楼拜把它贬为希巴女王的侍从，把它描绘成一只有橘黄色金属光泽羽毛的鸟，长着人的小脑袋、四个翅膀、鹰爪和一条巨大的孔雀尾巴。古代传说中的席穆夫更为重要。菲尔多西[2]在他的作品《列王纪》中，收集并考证了伊朗的古代传说，把席穆夫定为扎尔的养父，而扎尔就是史诗英雄鲁斯塔姆的父亲；诗人内沙布尔的阿塔尔[3]在十三世纪，把它提升为神的象征或形象。此事发生在《飞鸟大会》一诗中。这则寓言诗,包含了四千五百段两行诗,内容令人好奇。遥远的百鸟之王席穆夫,将一根亮丽的羽毛掉落在中国的中部;百鸟厌倦了现在的无序状态,决定齐心协力去找到席穆夫。它们知道它们国王的名字意思是"三十只鸟";知道它的王宫坐落在卡弗山,即环绕大地的那座山或环形山脉。起初,有些鸟胆怯了:夜莺推说它爱玫瑰,不忍离去;鹦鹉要保持美貌,宁愿屈居鸟笼;鹧鸪不能远离群山;苍鹭恋沼泽;猫头鹰爱废墟。最后它们都投入了这场毫无希望的冒险。它们飞越了七大山谷或海洋,倒数第二个山谷叫眩晕,最后一片海洋叫毁灭。许多朝圣鸟半途而废,另有许多在迁徙中亡命。三十只鸟,修炼终成正果,踏上了席穆夫的山。最后它们凝视着席穆夫:感觉到它们自己就是席穆夫,席穆夫就是它们每一个,也是它们全部。

---

\* Simurgh,又译西摩格。
1 又称世界树、世界之树。
2 Ferdowsi(约940—约1020),波斯诗人,代表作为史诗《列王纪》,又译《王书》。
3 Farīd ud-Dīn Attār(约1145—约1221),即内沙布尔的阿塔尔(Attar of Nishapur),波斯诗人、神秘主义者,《飞鸟大会》为其代表作,又译《百鸟朝凤》。

宇宙学家卡兹维尼,在《创造的奥妙》一书中说,席穆夫的寿命为一千七百年,当儿子长大了,父亲就点燃一个柴堆,把自己烧掉。莱恩评论说:"这一点,让人想起凤凰的传说。"

# 海 妖 塞 壬

在时间的长河中，塞壬的模样一直在变化。她们的故事的第一个讲述人，《奥德赛》第十二卷中的吟游诗人，没有给我们描述她们的模样；奥维德认为，她们是有红色羽毛和童贞女面容的鸟；罗得岛的阿波罗尼奥斯认为，她们上半身是女人，下半身是海鸟；大师蒂尔索·德莫利纳[1]认为（纹章学也同样认为），她们"半是女人，半是鱼"。她们的归类也不无争议；朗普里埃编写的古典词典说她们是仙女宁芙，基舍拉[2]的词典说是怪物，格里马尔[3]的词典说是魔鬼。她们居住在西方一个岛上，在喀耳刻岛附近，但是，她们中的一员帕耳忒诺珀的尸体，是在坎帕尼亚被发现的，她的名字曾被用来命名现在叫那不勒斯的那座名城。地理学家斯特拉波[4]见到过她的坟墓,还参加了人们为纪念她而定期举办的运动会。

《奥德赛》中提到,塞壬们常常诱惑水手,使他们神魂颠倒,奥德修斯为了聆听她们的歌声又不至于丧命,用蜡封住了船工的耳朵,下令他们把自己绑在桅杆上。塞壬们为了勾引他,承诺让他通晓世界上一切事情。

"凡是驾着黑色航船经过此地的人,都会听到我们口中唱出的甜美如蜜的歌声,歌声使他们心醉神迷,更长见识……因为我们无所不知:我们知道希腊人和特洛伊人在辽阔的特洛阿德遭受了多少苦难,这都是众神的旨意,我们知道在肥沃的土地上将会发生的所有事情。"(《奥德赛》,第十二卷)

神话学家阿波罗多洛斯在他的《书库》中收录了一则传说,讲俄耳甫斯在阿尔戈号航船上放歌,歌声优美盖过了塞壬,后者很快跳进海里,变成了海里的岩石,因为她们有一

---

1 Tirso de Molina(约1579—约1648),西班牙剧作家。
2 Louis-Marie Quicherat(1799—1884),法国拉丁语学者,编纂有法语、拉丁语双语词典。
3 Pierre Grimal(1912—1996),法国拉丁语学者,语言学、拉丁语文学和古罗马文化专家,编纂有《古典神话辞典》《希腊罗马神话辞典》等。
4 Strabo(约前64—约24),希腊地理学家、历史学家,著有《地理学》总十七卷。

条规矩，要是有人没有被她们的魅力迷惑，她们就要死去。斯芬克斯也是这样，当它的谜语被别人猜中时，它从高处坠落而死。

公元六世纪，一个塞壬被人抓住，还在威尔士北部参加了洗礼，在某些古年历上被当作圣女，名字叫莫根。另一个塞壬，在一四○三年钻过一道堤坝的裂缝，后来就住在哈勒姆直到去世。谁也听不懂她说的话，但是教会了她织布，她出于本能敬崇十字架。一位十六世纪的编年史作者推论说，她不是一条鱼，因为会织布，也不是一个女人，因为能在水里生活。

英语用不同的单词区分传统的塞壬（Siren）和长着鱼尾巴的美人鱼（mermaid）。后一种形象的形成想必是受到海神波塞冬的随从——特里同——相似形象的影响。

《理想国》第十卷中提到，八位塞壬执掌着八重同心天的运转。

塞壬：疑似海洋动物。我们在一本粗糙的词典里看到过这样的释义。

# 哭精斯奎克[*]

（化泪体生物[1]）

"有哭精斯奎克的地区非常有限。在宾夕法尼亚州之外，很少有人听说过它，尽管人们说它在这个州的毒芹丛里相当常见。斯奎克性格很乖戾，通常在黄昏时候出没。它的皮肤上布满疣和痣，还皱皱巴巴；最富经验的行家都说它是所有动物中最最不幸的。追踪它很容易，因为它一直在哭，留有泪痕。当它被围困住无法逃脱，或是当它突然被抓住、惊吓害怕的时候，它就会化成泪。捕捉斯奎克在寒冷的月夜更容易成功，这时候泪落得慢，此物不爱动；它的哭声从昏暗的毒芹丛下传出来。

"J. P. 温特林先生，原居宾夕法尼亚州，现在移居明尼苏达州的圣安东尼公园区，他曾经有过一段伤心的经历，他在蒙特阿尔托附近遇到一个斯奎克。他模仿它的哭声，引它钻进一只袋子，准备带回家去，忽然他觉得手里一轻，哭声停了。温特林打开袋子一看，就只见一摊泪和泡沫。"

威廉·T.考克斯

《伐木林中的可怕生物》

华盛顿，一九一〇年

---

\* Squonk，又译湿眶客。
1 原文为拉丁文：Lacrimacorpus dissolvens，即 Squonk 的拉丁文学名。

# 青铜巨人塔罗斯

由金属或石头构成的活物是想象动物界里令人惊惧的物种。我们想想那些发怒的喷火铜牛吧,伊阿宋借助美狄亚的魔法,才给它们套上了犁轭;孔狄亚克的"感觉雕像",一座具有感知力的大理石雕像;铜身船夫,胸前挂着一块铅牌,上面刻着名字和咒符,在《一千零一夜》中,第三个乞丐王子射掉磁石山的骑士之后,船夫救起又丢下了王子;威廉·布莱克神话里"用柔和的银子和狂暴的金子铸成的"女孩,被一位女神用丝网逮住去献给一个男子;曾做过战神阿瑞斯乳母的金属鸟;还有塔罗斯,克里特岛的守护神。[1]有人声称塔罗斯是伏尔甘或代达罗斯的作品;罗得岛的阿波罗尼奥斯,在《阿尔戈英雄纪》中说,他是青铜族最后一位幸存者。

他一天三次绕克里特岛巡查,向试图下船登岛的人投扔石块。他把自己烧得通红,然后拥抱来人,把他们杀死。他唯一脆弱的地方是脚后跟;在女巫美狄亚的指引下,卡斯托耳和波吕丢刻斯,那对狄俄斯库里孪生兄弟,合力把他杀死了。

---

1 在这一系列中,还可以增加一头挽畜:快跑野猪古林博斯帝,这个名字的意思是"金毛猪"。它还有个名字叫"斯利卓格丹尼",意为"有危险獠牙的猪"。"这件铁匠工艺的精品,"神话学家保罗·赫尔曼写道,"出自几个矮子巧匠的锻炉;他们把一张猪皮扔到火里,捞出一头金毛野猪,它会在地上、水里和空中奔跑。夜里不管天有多黑,这头野猪待的地方总是很亮。古林博斯帝为掌管繁殖和孕育的斯堪的纳维亚神弗雷拉战车。"——原注

# 饕　　餮

诗人和神话学家不提它,但是我们所有的人,都曾在柱头一角或者雕带中央发现过它,都感到过些许不快。为三头六臂巨人革律翁看护牛群的狗长着两个头、一个身体,幸好巨人赫拉克勒斯把它杀了;饕餮的长法相反,而且更加可怕,因为它一个巨大无比的头,右面连接一个身体,左面又连接一个身体。它一般有六条腿,前面两条腿是给两个身体合用的。它从面部来看可以是龙、虎或人,艺术史学家称其面部为"食人魔面具"。它是一个形式的怪物,由对称的执念给了雕塑家、陶艺师、瓷艺师以灵感。在公元前一千四百年,商朝时期,它就已经出现在青铜礼器上了。

饕餮的意思是"贪吃"。中国人把它画在餐具上,劝告人们饮食节制。

# 安 南 虎

对安南人来说，虎或以虎为外形的鬼怪，都是掌管空间方向的。

赤虎主宰南方（地图上画在最高处），对应夏和火。

黑虎主宰北方，对应冬和水。

青虎主宰东方，对应春和木。

白虎主宰西方，对应秋和金。

凌驾于这四大方位的虎之上另有一虎，就是黄虎，它统领所有的虎，位于中央，就像皇帝在中国的中央，中国在世界的中央（因此称之为中央帝国；因此，在耶稣会士利玛窦十六世纪末为指导中国人而绘制的世界地图上，中国位于中央）。

老子曾寄意于五虎与鬼怪作战。有一份安南的祈祷文，由路易斯·乔·查德翻译成了法文，上面虔诚地祈求五虎派遣所向无敌的援军。这种迷信来源于中国，汉学家们谈到过白虎，它主宰遥远的西方星空。中国人在南方有朱雀，东方有青龙，北方有玄武。可以看出来，安南人保留了颜色，但把动物统一成了虎。

比尔人，是印度斯坦中部的一个民族，他们相信虎也有地狱；马来人知道热带丛林中央有座城市，那里的房梁是用人骨做的，墙是人皮做的，屋檐是人头发做的，建造房屋、住在房屋里面的是虎。

## 山　怪

在英国，女武神瓦尔基里被流放到乡村，降为了女巫；在斯堪的纳维亚各国，古代神话里的那些巨人，一直居住在巨人之国约顿海姆，跟雷神索尔打仗，现在沦为了粗俗的山怪。在《老埃达》开卷的宇宙起源说里写着，诸神的黄昏来临，巨人们挤上虹桥，使虹桥崩坏粉碎，并摧毁世界，协助巨人们的还有一匹巨狼和一条大蛇；民间迷信里的山怪，则是邪恶愚蠢的小精灵艾尔夫，居住在山洞或者破旧的茅屋里。最出挑的山怪长有两三个头。

亨利克·易卜生的诗剧《培尔·金特》（一八六七年）确定了它们的名气。易卜生想象它们首先是民族主义者；它们认为或试图认为，自己酿的劣质苦酒味道很好，自己住的山洞是宫殿。为了不让培尔·金特感受到它们所处环境的不堪，它们提议挖去他的眼睛。

# 独 角 兽

独角兽最初的版本跟最近的版本几乎完全一致。公元前四百年,阿尔塔薛西斯二世的希腊医生克泰夏斯说,在印度斯坦众王国里,有敏捷的野驴;皮毛是白色的,头是紫红色的,眼睛是蓝色的,额头上长着一根尖角,角的根部是白色的,顶部是红色的,中间完全是黑色的。老普林尼补充了其他细节(《自然史》,第三卷,第三十一章):

"在印度他们猎取另一种野兽:独角兽,那兽形似马身、鹿头、象腿、野猪尾巴;吼叫声低沉;一根又长又黑的犄角竖立在额头上。要活捉它是不可能的。"

约一八九二年,东方学家施拉德[1]提出,独角兽很可能是希腊人受到某些波斯浅浮雕的启发想出来的,那些浅浮雕呈现的是公牛的侧面,头上只有一个角。

圣依西多禄的《词源》,编写于公元七世纪初,其中说独角兽用角顶一下往往能把大象顶死;这让人想起在辛巴达的第二次航海中,卡尔卡丹(犀牛)所获得的类似的胜利。[2] 独角兽的另一个对手是狮子。情节曲折的史诗《仙后》第二卷的一首八行诗,记述了它们打斗的情景。狮子靠在一棵树旁;独角兽低着额头向它冲过来;狮子侧身避开,独角兽一头撞在了树干上。这首八行诗诞生于十六世纪;十八世纪初,英格兰王国和苏格兰王国合并,使得象征英格兰的雄狮和象征苏格兰的独角兽在大不列颠的皇家徽章上相对而立。

在中世纪,动物寓言集告诉人们,独角兽可以被一个少女掳走;在《博物学家格莱库斯》一书中是这样写的:"怎么抓住它呢?在它的面前放一个处女,它会跳进女孩怀里,女孩抱着它爱抚着,把它带到王宫里。"画家皮萨内洛制作的一

---

1 Eberhard Schrader(1836—1908),德国东方学者、亚述学奠基人,楔形文字专家。
2 辛巴达告诉我们,犀牛角一分为二,显现的是一个人的形象;卡兹维尼说形如一个人骑在马上;还有人说形如鸟似鱼。——原注

枚纪念章以及数幅壁毯名作都展示了这场胜利,其中的寓意是很明白的。圣灵、耶稣基督、墨丘利神、恶都体现在独角兽身上。荣格的作品《心理学与炼金术》(苏黎世,一九四四年)综述和分析了这些象征意义。

一匹小白马,长着羚羊后腿、山羊胡子,额头上有一根长长的螺旋状角,这就是这一想象的动物常见的形象。

列奥纳多·达·芬奇把独角兽的被俘归咎于它贪恋声色;这使它忘却了自己的猛兽本性,躺倒在少女怀里,就这样被猎人捕获了。

# 中国独角兽

中国的独角兽或者叫麒麟,是四大瑞兽之一,其余三种是龙、凤和龟。麒麟是四足动物之首,它有鹿的身体、牛的尾巴、马的蹄子,长在额头上的角是肉质的,背上的鬃毛五色混杂,肚子上的毛为棕色或黄色。它不踩青草地,不害任何生灵。它的出现预示明君降世。伤到它或出现它的尸体都是不祥之兆。它的自然寿命是一千年。

当年孔子的母亲在怀他的时候,五星神给她带来了一只动物,"样子像牛,长有龙鳞,额头上有一只角"。苏慧廉[1]说那就是孔子出生的预兆;卫礼贤[2]收集到的一个不同说法,说那动物是自己来的,它吐出一块玉石,上面写着以下文字:

"山晶（或水精）之子，王朝覆灭之时，将作为无冕之王治之。"[3]

七十年之后，几个猎人杀了一头麒麟，麒麟角上还留着孔母绑在上面的丝带。孔子去看了之后伤心地哭了，因为他感觉到了这头无辜而神秘的动物死亡预示着什么，因为那丝带上记录了过去。

十三世纪的时候，成吉思汗远征印度，他的一支骑兵先驱队远远望见沙漠中有一只动物"形似鹿，额头上有一犄角，青色皮毛"，跑到他们跟前说："是时候请你们的主公返回故土了。"成吉思汗询问手下的一位汉臣，后者解释说，此兽名为角端[4]，为麒麟之变种。大军征战西域已有四载，上苍不愿再见到人类互相杀戮、血流成河，派它来此提出警告。太祖皇帝遂放弃了继续征战的计划。

---

1 William Edward Soothill（1861—1935），英国传教士、教育家、汉学家。
2 Richard Wilhelm（1873—1930），德国传教士、教育家、汉学家、翻译家，译有多部中国典籍。
3 传说孔子出生前夕有"麒麟吐玉书"之兆，麒麟降临孔府，口吐玉书，上有"水精之子孙，衰周而素王，徵在贤明"字样。
4 又名甪端。

公元前二十二世纪,舜帝的一位司法大臣[1]有一头"独角山羊",它不攻击受冤屈的无辜之人,专门顶撞有罪之人。

马古烈[2]编写的《中国文学萃选》(一九四八年),摘录了一段神秘而平和的寓言,那是九世纪一位散文家所作:

"普天之下都承认独角兽是吉祥的灵物;诗歌、编年史、名人传记和其他文章中均如此说。即使村野儿童和妇女也知道独角兽是吉利的征兆。但是这种动物不在家畜之列,不容易找到,也不好分类。它不像马牛狼鹿。在这种情况下,我们面前即使有头独角兽也不知道是何物。我们知道有鬃毛的动物是马,有角的动物是牛,但不知道独角兽是什么模样。"[3]

---

1 指皋陶(前2220—前2113),在尧舜时代任掌刑法的士师、理官,用独角兽獬豸治狱,被后世尊为"中国司法鼻祖"。
2 Georges Margouliès(1902—1972),俄裔法国汉学家,曾任巴黎东方语言学校校长,在译介和研究中国古代文献方面颇有建树。
3 此处按博尔赫斯《探讨别集》中王永年译文。引自唐朝韩愈的散文《获麟解》,对应的原文为:"麟之为灵,昭昭也,咏于《诗》,书于《春秋》,杂出于传记百家之书,虽妇人小子皆知其为祥也。然麟之为物,不畜于家,不恒有于天下。其为形也不类,非若马牛犬豕豺狼麋鹿然。然则虽有麟,不可知其为麟也。角者吾知其为牛,鬣者吾知其为马,犬豕豺狼麋鹿,吾知其为犬豕豺狼麋鹿。惟麟也,不可知。"

# 衔尾蛇乌洛波洛斯

现在的大洋就是海,或者说是一片片海组成的水域;而对古希腊人来说,大洋是一条环绕大地的河流。所有的水都是来自大洋,既不存在河口也没有源头。大洋也是一位神、一位提坦,也许是最古老的神,因为在《伊利亚特》第十四卷中,睡神修普诺斯称它为众神之源;在赫西奥德的《神谱》中,它被称为全世界所有河流之父,河流总共有三千条,为首的是阿尔斐俄斯河和尼罗河。一位浓髯老人是其常见的形象;人类在几个世纪以后,才找到了一个更好的符号。

赫拉克利特曾经说过,一个圆的起始点和结束点是同一个点。公元三世纪的一个希腊护身符,现存于大英博物馆,它的造型极好地表现了这种周而复始:一条衔住自己尾巴的蛇，或者如马丁内斯·埃斯特拉达[1]的形容，"从尾梢开始的蛇"。乌洛波洛斯（衔尾蛇）是这个怪物的专有称谓，炼金术士后来大肆使用。

它最有名的出场是在斯堪的纳维亚的宇宙起源说里。《散文埃达》或称《新埃达》讲到邪神洛基生了一头狼和一条蛇。有一条神谕提醒众神，这两个动物将成为世界的毁灭者。对于巨狼芬里尔，人们把它锁起来，用了六种想象物打造成的锁链，它们是"猫的脚步声、女人的胡须、岩石的根、熊的脚腱、鱼的呼吸、鸟的唾液"。对于大蛇耶梦加得，"人们把它扔进环绕大地的海洋，在海洋里它不断长大，现在它也能环绕大地，衔住自己的尾巴"。

在约顿海姆，即巨人之国，乌特加德·洛基[2]向雷神索尔挑战，看谁能举起一只猫；雷神用尽力气才让猫的一条腿离开地面；这只猫就是那条蛇。雷神被魔法骗了。

当诸神的黄昏来临的时候，蛇吞食了大地，狼吞食了太阳。

---

1 Ezequiel Martínez Estrada（1895—1964），阿根廷诗人、作家。
2 北欧神话中的一名霜巨人君主，约顿海姆的外城统治者，名字直译即"外域的洛基"。

# 女武神瓦尔基里

在原始日耳曼语中,"瓦尔基里"意为"挑选死者的女人"。盎格鲁-撒克逊人有一段治疗神经痛的咒语,没有直呼其名,是这样描述她们的:

轰隆隆响啊,轰隆隆响,骑马飞越高山。
一往无前,骑马穿行大地。
强大的女人们啊……

我们不知道在德国或者奥地利人们是怎么想象她们的形象的;在斯堪的纳维亚神话中,她们是身佩武器的美丽处女。通常认为她们是三位。

她们挑选在战斗中死亡的人，把他们的英灵送到奥丁神雄伟壮丽的天堂。那里的神殿金碧辉煌，没有灯火，只有剑光把殿堂照亮。从晨曦初露起，战士们就在天堂里战斗直到死亡，然后再复活，共享众神的筵席，席上有一头不朽的野猪的肉，牛角杯里有饮之不尽的蜂蜜酒。

在基督教不断扩大的影响下，瓦尔基里的词义也转变了。在中世纪的英格兰，一位法官将一个可怜的女人判了火刑，罪名为她是瓦尔基里，也就是女巫。

# 精灵镇尼

按照伊斯兰教的传统说法，真主用光造了天使，用火造了镇尼，用尘土造了人。有人声称造镇尼的材料是一种无烟的暗火。这一造物比亚当还早两千年，但是它的族群活不到最后审判的日子。

卡兹维尼这样定义镇尼："偌大的气状物，通体透明，形态多变。"起初它像云团，或者像高不见顶的柱子；然后它可以随心所欲地变成一个人、一匹豺、一匹狼、一头狮子、一只蝎子、一条蛇的形状。它们有些是信徒，有些信奉异教或不信神。我们在打死一只爬行动物之前，应该以先知的名义，要求它离开，如果它不听话，那么杀掉它是合法的。它们能够穿过厚实的墙体，能够在空中飞翔，或者突然销声匿迹。

它们经常飞到天界近层，在那里偷听天使们聊未来会发生的事情；这使它们能够协助魔法师和巫师。某些博学之士说金字塔就是它们建造的，还有耶路撒冷圣殿，也是它们遵照获知神全知全能之名的大卫王之子所罗门王的旨意建造的。

它们会从露台上阳台上朝人们投掷石块，还惯于诱拐漂亮女人。要避免遭受它们的恶行，最好的办法是默念仁慈者、宽恕者安拉的名字。它们最经常的栖居地是废墟、无人居住的房子、水池、河流和荒漠。埃及人断定它们是发生沙尘暴的原因。他们还认为，流星是真主向干坏事的镇尼投掷的箭矢。

魔鬼易卜劣斯是它们的父亲和首领。

# 女飞人尤娃吉

在作品《英国文学简史》中，森茨伯里[1]认为尤娃吉是英国文学中最有意思的女主人公之一。她一半是女人、一半是鸟，或者就像诗人勃朗宁[2]描写他的亡妻伊丽莎白·巴雷特那样，一半是天使、一半是鸟。她的双臂可以展开如翅膀，身上覆盖着丝滑的羽毛。她生活在南极海域一座失落的岛上，彼得·威尔金斯落难到那里发现了她，跟她结了婚。尤娃吉是飞人格卢姆一族，族人都长有翅膀。威尔金斯让他们都皈依了基督教。尤娃吉去世后，他设法回到了英国。

这则奇妙的爱情故事，可以在罗伯特·帕尔托克[3]的小说《彼得·威尔金斯的生活和冒险》（一七五一年）中读到。

1 George Saintsbury（1845—1933），英国文史学家、评论家。
2 Robert Browning（1812—1889），英国诗人、剧作家。
3 Robert Paltock（1697—1767），英国律师、作家。

# 扎 拉 坦

有一个超越了地域和时代的故事,讲的是一群航海者登上了一个无名岛,后来这个岛沉没,把他们都淹死了,因为这个岛是活的。这个故事的创意出现在辛巴达的第一次航海和《疯狂的罗兰》第六歌("我们以为那是一个岛")中;出现在爱尔兰圣布伦丹的传奇故事和亚历山大城的希腊动物寓言集里;出现在瑞典大主教奥拉乌斯·马格努斯的《北欧民族史》(罗马,一五五五年),以及《失乐园》第一卷的一节文字中,那里把残酷撒旦比作躺在挪威海的泡沫上的一头大鲸鱼("它睡在挪威海的泡沫上")。

矛盾的是,最早的相关传说之一提到扎拉坦却是为了否认它的存在。公元九世纪初的穆斯林动物学家贾希兹编写的

《动物书》中有这样的记述，米格尔·阿辛·帕拉西奥斯把它翻译成了西班牙语：

"至于扎拉坦，我没有见过一个人能肯定地说他亲眼看到过。

"有些水手声称有几次他们靠近过某些海岛，海岛上有树林、谷地、裂谷。他们生起很大的篝火，当火烧到扎拉坦的背的时候，它就开始（在水面上）移动，（身上）载着他们，载着所有长在身上的植物，最后只有那个逃的人得救。这个故事可算是所有离奇大胆的故事之最了。"

现在我们来看看十三世纪的一篇文字，那是宇宙学家卡兹维尼写的，摘自他的作品《创造的奥妙》。他这样写道：

"至于海龟，身形巨大无比，以至于全船的人都以为那是一座岛。其中有个商人说：

"'我们发现海里有一座岛，矗立在海面，岛上有绿色的植物，我们登上岛，在地上挖了几个洞做饭，岛移动了，水手们高喊：快上船，那是一只海龟，你们烧火把它热醒了，它会让我们没命的。'"

在《修道院长圣布伦丹航海记》中，这个故事又重演：

"……于是大家一起航行,来到了那片土地,但是因为有些地方土层太浅,有些地方又有大块的岩石,所以大家都去了一个岛,认为那里安全,要在那里生火做晚饭,但是圣布伦丹没有下船。当火烧热、准备烤肉的时候,岛开始移动,那些僧侣吓坏了,都逃到了船上,把火堆和烤肉全扔了,他们对岛的移动非常吃惊。圣布伦丹安抚了他们,告诉他们说那是一条大鱼,名字叫亚斯孔伊,它日日夜夜想咬住自己的尾巴,但是因为身体太长咬不到。"[1]

在盎格鲁-撒克逊的动物寓言集《埃克塞特书》中,那个危险的岛是一头鲸鱼,"邪恶而狡猾",肆无忌惮地蒙骗人类。人们在它背上扎营,想找个地方避开海上的劳作休息一下;突然,这位大洋的主人会沉入水中,把水手们全部淹死。在希腊动物寓言集里,鲸鱼带有《旧约·箴言》里"淫妇"的意思("她的脚下入死地,她脚步踏住阴间"[2]);在盎格鲁-撒克逊的动物寓言集中,意思是魔鬼和邪恶。十个世纪以后创作的《白鲸》中,仍保留了这一层象征意义。

---

1 参见本书第245页《衔尾蛇乌洛波洛斯》。——原注
2 引自《圣经·旧约·箴言》第5章第5节。

# 中　国　狐

　　就一般动物学而言，中国狐与其他狐没有很大差别；但是就想象动物学而言就不一样了。据统计，中国狐仙的平均寿命在八百岁到一千岁之间。人们认为它是不吉利的，它身上的每一部位均有独特的能耐。它只要用尾巴触地就能引起火灾，它会预见未来，会变换模样，尤其喜欢化身老翁、年轻女子和书生。它生性狡猾、小心和多疑；它以捉弄人和折磨人为乐事。人死后常常转世为狐身，穴居墓地附近。关于狐仙有数千传说，这里我们摘抄一则，其中不乏谐趣：

　　王生见两只野狐用后足站立，靠在一株树上。其中之一，手执一张纸，两狐谈笑风生。王生想赶它们走，但它们坚持不走。于是，他用弹弓发铁丸击中手拿纸张的野狐，打伤了它的眼睛，夺走了那张纸。在客店里，王生把他的历险讲给住客们听。他正讲着，进来一位书生，书生的一只眼睛受了伤。他饶有兴味地听着王生的故事，还要求王生把那张纸拿出来看看。王生正准备给他看那张纸，这时店主发现新来的人有尾巴。"他是狐狸！"店主喊了起来，书生立即变成狐狸逃走了。野狐千方百计想取回那张写满看不懂的字符的纸，但均未能如愿。后来，王生打算回家，在路上他碰到全家人，他们都到京城来了，还说是他让他们专行此程。母亲给他看他写的信，上面要他们变卖全部家产，到京城来跟他相聚。王生拿过信查看，只见是一张白纸。尽管这时已经家无片瓦，王生还是跟他们说："我们回家吧。"

他的一个弟弟，原先都以为他死了，一天却突然出现在他们面前。他问王生家里发生了什么不幸之事，王生给他讲了整件事经过。当讲到狐狸这段时，他弟弟说："啊，厄运的根源就在这里。"王生犹疑地拿出那张纸给他看。这个弟弟，一把将纸从他手里夺了过去，速速收好。"终于物归原主啦！"他喊着，恢复了狐狸的模样，转身逃走了。[1]

---

[1] 出自《唐传奇·王生》，故事所述或经转译与原作有出入。

JORGE LUIS BORGES
MARGARITA GUERRERO
El libro de los seres imaginarios

Copyright © 1995 by María Kodama
All rights reserved

图字：09-2011-089号

**图书在版编目（CIP）数据**

想象动物志 /（阿根廷）豪尔赫·路易斯·博尔赫斯，
（阿根廷）玛加丽塔·格雷罗著；黄锦炎译. —上海：
上海译文出版社，2024.02
（博尔赫斯全集）
ISBN 978-7-5327-9435-5

Ⅰ.①想… Ⅱ.①豪… ②玛… ③黄… Ⅲ.①故事-
作品集-阿根廷-现代 Ⅳ.①I783.73

中国国家版本馆CIP数据核字（2023）第188775号

| 想象动物志 | 豪尔赫·路易斯·博尔赫斯 玛加丽塔·格雷罗 著 | 责任编辑 周 冉 |
|---|---|---|
| El libro de los seres imaginarios | 黄锦炎 译 甘 木 校 | 装帧设计 陆智昌 |

上海译文出版社有限公司出版、发行
网址：www.yiwen.com.cn
201101 上海市闵行区号景路159弄B座
杭州宏雅印刷有限公司印刷

开本850×1168 1/32 印张8.5 插页6 字数73,000
2024年2月第1版 2024年2月第1次印刷

ISBN 978-7-5327-9435-5/I·5902
定价：78.00元

本书中文简体字专有出版权归本社独家所有，非经本社同意不得转载、摘编或复制
本书如有质量问题，请与承印厂质量科联系。T: 0571-88855633